必備

Vocabulary 1000

隨身讀

本局編輯部 彙整

三民書局

© Vocabulary 1000 隨身讀

彙　　　整	本局編輯部
企劃編輯	王伊平
責任編輯	蔡佩玲
美術設計	葉佩菱
發 行 人	劉振強
著作財產權人	三民書局股份有限公司
發 行 所	三民書局股份有限公司
	地址　臺北市復興北路386號
	電話　(02)25006600
	郵撥帳號　0009998–5
門 市 部	(復北店)臺北市復興北路386號
	(重南店)臺北市重慶南路一段61號
出版日期	初版一刷　2007年1月
編　　　號	S 806970

行政院新聞局登記證局版臺業字第○二○○號

有著作權・不准侵害

ISBN　978–957–14–4698–1　　(平裝)

http://www.sanmin.com.tw　三民網路書店
※本書如有缺頁、破損或裝訂錯誤，請寄回本公司更換。

給讀者的話

　　本書係參考教育部頒訂之「國民中小學英語最基本一千字詞」所編寫而成，全書依字母排序，方便您分階段學習。而且，每個單字均附有 KK 音標、詳盡的中文釋義，以及精心編寫的例句，在重要單字部分甚至還有重點文法的說明、常用片語、與容易混淆單字的比較，以及該單字的同義字、反義字，可以說是目前坊間補充最為完善的一本單字書。

略語表

abbr.	縮寫	*pl.*	複數
adj.	形容詞	p.p.	過去分詞
adv.	副詞	*prep.*	介系詞
art.	冠詞	*pron.*	代名詞
aux.	助動詞	S	主詞
conj.	連接詞	*sing.*	單數
interj.	感嘆詞	V	動詞
N	名詞	*v.i.*	不及動詞
n. [C]	可數名詞	V-ing.	動名詞
n. [U]	不可數名詞	*v.t.*	及物動詞

Table of Contents

a [ə; 重讀 e] *art.* 一…；某一…；每一…

- I see **a** cat at the door.   我在門口看到一隻貓。
- **A** girl called when your were out today.

  某個女生在你今天出去時打電話給你。
- Take the medicine three times **a** day.

  此藥每日服用三次。

注意

發音以母音開頭的單字則用 an [ən; 重讀 æn]。

- **An** apple **a** day keeps the doctor away.

  一日一蘋果，醫生遠離我。

a few [ə`fju] *phr.* 一些，一點

- I have **a few** good friends in the U.S.

  我在美國有一些好朋友。   (friend 為 *n.* [C])

比較

單字	後接名詞時	中譯	比較
few	*n.* [C]	幾乎沒有	
a few	*n.* [C]	有一些	數量較 few 多
little	*n.* [U]	幾乎沒有	
a little	*n.* [U]	有一些	數量較 little 多

a little [ə`lɪtl̩] *phr.* 一些，一點

- We still have **a little** water to drink.

  我們還有一些水可以喝。   (water 為 *n.* [U])
- Tom felt **a little** tired after work.

1

　　下班之後，湯姆覺得有點累。　　(tired 為 *adj.*)

注意

a little 後可接不可數名詞及形容詞，而 a few 後面只能接可數名詞，兩者務必區分清楚。

---

a lot　　[ə`lɑt]　　*phr.* 許多，很多

· Sarah ate **a lot** at the night market.
　莎拉在夜市吃了很多東西。

★ a lot /lots of + N　　許多～

· There are **a lot**/lots of books in the library.
　圖書館裡有許多書。

---

a.m.　　[`e`ɛm]　　*abbr.* 上午

· Amy was playing the piano at 10 **a.m.** this morning.　　今天上午十點整時，艾咪正在彈鋼琴。

比較

單字	拉丁原文	英譯	中譯
a.m.	ante meridiem	before noon	上午
p.m.	post meridiem	after noon	下午

---

able　　[`ebl]　　*adj.* 有能力的；能幹的

★ be able + to V　　有能力～；能夠～

· I believe that Suzanne is **able** to do the job well.
　我相信蘇珊有能力將這項工作做好。

· Allen is an **able** businessman; he has made lots of money.　　艾倫是能幹的商人，他已經賺了許多錢。

| **about** [ə`baut] | *prep.* 關於；大約 |

- Tell me more **about** your friend, Bill.
  多告訴我一些有關你朋友比爾的事。
- It's **about** five o'clock now.　現在大概是五點鐘。

| **above** [ə`bʌv] | *prep.* 在～上方；程度上大於～ |
| | *adv.* 上面，在上面 |

- Many birds are flying **above** the Snow Mountain.
  許多鳥兒正飛越過雪山上方。
- It's hot today. It must be **above** thirty degrees
  centigrade.　今天很熱。一定有攝氏三十度以上。
- The dark clouds **above** cover the sky; it is going to
  rain.　上方的烏雲遮蓋了天空，快要下雨了。

| **afraid** [ə`fred] | *adj.* 害怕的 |

- Little Jeff is **afraid** because it is dark outside.
  小傑夫很害怕，因為外面很黑。
★ be afraid of + N/V-ing　害怕～
- Are you **afraid** of mice?　你會害怕老鼠嗎？
- The bad man is **afraid** of being caught by the
  police.　這個壞人害怕被警方抓到。
★ be afraid + that 子句　害怕～，恐怕～
- I'm **afraid** that I cannot lend you money.
  我恐怕無法借你錢。

| **after** [`æftɚ] | *prep.* 在～之後 (後接 N/V-ing) |

A

↔ **before**

conj. 在～之後 (後接子句)

- I can't go out **after** 10 o'clock p.m.

  我不能在晚上十點鐘之後出門。

- Sophia wants to become a super movie star **after** she grows up.

  蘇菲亞長大後想成為一位超級電影巨星。

afternoon	*n.* [C][U] 下午

[ˌæftɚˋnun]

- We are going to see a movie in the **afternoon**.

  我們下午要去看電影。

比較

單字	中譯	時間片語
morning	早上	in the morning
noon	中午	at noon
afternoon	下午	in the afternoon
evening	傍晚	in the evening
night	晚上	at night

again	[əˋgɛn]	*adv.* 再，又

- You make the same mistake **again**. Be careful next time. 你又犯了同樣的錯誤。下次要小心一點。

age	[edʒ]	*n.* [C][U] 年齡，年紀

- When I was your **age**, I liked to read comic books.

當我在你這個年紀時，我喜歡看漫畫。

· What's your **age**? = How old are you?　你幾歲？

---

ago 　　[ə`go]　　*adv.* 在～以前

· A monster lived in the lake long time **ago**.

很久以前，有個怪物住在這湖裡。

比較

單字	中譯	用法	例子
ago	在～以前	一段時間 + ago	two hours ago
before	在～以前	before + 某個時間	before 2 o'clock

---

agree　　[ə`gri]　　*v.i.* 同意，贊同 ↔ **disagree**

· Jason asked me to help him, and I **agreed**.

傑森要求我幫助他，而我同意了。

★ agree with sb.　　同意～

· Give it up. Your parents will not **agree** with you.

放棄吧。你的父母不會同意你的。

---

air　　[ɛr]　　*n.* [U] 空氣；天空，空中 (the air)

· The **air** in the country is much fresher than that in the city.　鄉下的空氣比城市的新鮮多了。

· The birds are flying in the **air**.

小鳥正在天空中飛翔。

---

airplane　　*n.* [C] 飛機 = **plane**

[`ɛr,plen]

· An **airplane** flew down and slowly landed on the

5

runway. 一架飛機往下飛並緩慢降落在跑道上。

airport	*n.* [C] 機場
[`ɛr,port]	

· My plane will arrive at the **airport** at 10 a.m.
  我的飛機將在早上十點抵達機場。

all [ɔl]	*adj.* 所有的，全部的
	pron. 所有 (人) (物)

· David ate **all** the pies and left nothing for me.
  大衛把所有派都吃完了，一點都沒留給我。

· Do **all** of us need to join the party?
  我們全部都得加入這個黨派嗎？

almost [ɔl`most]	*adv.* 幾乎，差不多

· My dad takes exercise in the park **almost** every
  day. 我爸爸幾乎每天都在公園做運動。

along [ə`lɔŋ]	*prep.* 沿著
	adv. 向前；隨同，一起

· I walked **along** the road. 我沿著大馬路行走。

· Come **along**, please. 請往前走。

· We'll go to a movie this afternoon. Come **along**
  with us.
  我們今天下午要去看電影。跟我們一起去吧！

already [ɔl`rɛdɪ]	*adv.* 已經 ↔ **yet**

· James has **already** finished his homework.

詹姆士已經做完他的家庭作業了。

· It was **almost** 10 p.m. when Ed got home.

當艾德回到家時，已將近晚上十點了。

also [ˋɔlso] *adv.* 也

· I like ice cream, and Janet **also** likes it.

= I like ice cream, and Janet likes it, too.

= I like ice cream, and so does Janet.

我喜歡冰淇淋，珍妮也喜歡。

注意

also, so 和 too 都可以表示「也」，但使用的方式不同，also 是
擺在主詞之後，動詞之前；too 固定擺在句尾，而 so 則是用於
倒裝句，使用時要特別注意。

always [ˋɔlwez] *adv.* 總是，一直

· My mom **always** cooks delicious dinner for us.

媽媽總是為我們烹煮美味的晚餐。

比較

頻率副詞	中譯	機率 (%)
always	總是	100
often	通常	99～70
usually	經常	69～40
sometimes	有時	39～10
seldom	難得	9～0
never	從不	0

America	*n.* 美國；美洲
[ə`mɛrɪkə]	

- New York is the biggest city in **America**.
  紐約是美國最大的城市。

American	*adj.* 美國的；美洲的
[ə`mɛrɪkən]	*n.* [C] 美國人；美洲人

- Jeff loves **American** food like steaks and
  hamburgers.
  傑夫喜歡美國的食物像是牛排和漢堡。

- **Americans** celebrate Independence Day on July
  4th.　美國人在七月四日慶祝獨立紀念日。

and	[ænd]	*conj.* 和，與，而且；加

- Both my father **and** mother love me very much.
  我爸爸跟我媽媽都很愛我。

注意

and 前後必須連接兩個子句或同詞性的詞。

- Three **and** seven is/are ten.　三加七等於十。

angry	[`æŋgrɪ]	*adj.* 生氣的，發怒的

- Jamie was **angry** because I ate her cake.
  潔美因為我吃了她的蛋糕而在生氣。

★ be angry with sb.　對～生氣

- Don't be **angry** with him. He didn't mean it.
  不要生他的氣。他不是故意的。

8

animal [`ænəm!]	*n.* [C] 動物

- We can see **animals** like tigers and monkeys in the zoo.

  我們可以在動物園裡看到像老虎和猴子等動物。

another [ə`nʌðə]	*adj.* 另外的;另一個 *pron.* 另一個 (代替前面出現過的可數名詞)

- Do you have **another** shirt? I don't like this one.

  你有另一件襯衫嗎?我不喜歡這一件。

- After finishing a candy, the boy asked for **another**.

  吃完一顆糖果之後,那男孩要求再來一顆。

answer [`ænsə]	*n.* [C] 答案;回答 ↔ **question** *v.t. v.i.* 回答;回應 ↔ **ask**

- Nobody knows the **answer** to that difficult math question.　沒有人知道那個數學難題的答案。

- Who can **answer** me this question?

  誰能回答我這個問題?

- I knocked the door but nobody **answered**.

  我敲了門,但卻沒有人回應。

any [`ɛnɪ]	*adj.* 任何的;一點 *pron.* 任何;一點 *adv.* 稍微

- You many take **any** book you like.
  你可以拿你喜歡的任何一本書。

- Do you have **any** money with you?
  你有帶錢嗎？

- I don't have **any** brothers and sisters.
  我一個兄弟姊妹也沒有。

- Come and see me if you have **any** time.
  如果你有空的話，請來看看我。

- John is taller than **any** of us.
  約翰比我們當中任何人都還要高。

- "Do you have **any** questions?"
  "No, I don't have **any**."
  「你有什麼問題嗎？」「不，我沒有。」

- Please lend me some money if you have **any**.
  如果你有錢的話，請借我一下。

- I don't like **any** of these hats.
  這些帽子我都不喜歡。

- Do you feel **any** better today?
  你今天有覺得比較好了嗎？

anyone	*pron.* 任何人
[ˈɛnɪˌwʌn]	= anybody [ˈɛnɪˌbɑdɪ]

- Has **anyone** seen my umbrella?
  有人看到我的雨傘嗎？

anything [ˋɛnɪˌθɪŋ]	*pron.* 任何東西;任何事情

- Larry is a lazy man. He doesn't do **anything** all day. 賴瑞是個懶人。他一整天都沒做任何事情。

apartment [əˋpɑrtmənt]	*n.* [C] 公寓

- You had better clean your **apartment**; it's so dirty. 你最好清理一下你的公寓,它很髒。

appear [əˋpɪr]	*v.i.* 出現 ↔ **disappear**;看起來

- It's late now. I don't think Peter would **appear** tonight. 現在很晚了,我想彼得今晚不會出現了。
- ★ appear + to V 看起來～
- The cat **appears** to be hurt; we should take it to a doctor.
  那隻貓看起來受傷了,我們應該帶牠去看醫生。

apple [ˋæpl]	*n.* [C] 蘋果

- People think the "forbidden fruit" in the Bible is an **apple**.
  人們認為聖經中提到的「禁果」就是蘋果。

April [ˋeprəl]	*n.* [U][C] 四月

- **April** Fool's Day is on **April** 1st in many countries . 在許多國家,愚人節都在四月一日。

arm [ɑrm]	*n.* [C] 手臂

- Tim fell from a horse and broke his **arm** yesterday.
  提姆昨天從馬上摔了下來，摔斷了手臂。

注意

arm 指的是從肩膀 (shoulder) 到手腕 (wrist) 的部分，而 hand
則是指手腕之後主要為手掌 (palm) 的部分。

around	*prep.* 圍繞；在附近；到處；大
[əˋraʊnd]	約
	adv. 在附近；到處

- We sat **around** the camp fire.
  我們圍著營火坐著。

- There are many movie theaters **around** here.
  這附近有許多電影院。

- I took my friend **around** the town.
  我帶我朋友逛遍了小鎮。

- I'll meet you **around** noon.
  我大約中午時跟你見面。

- If you need me, I'll be somewhere **around**.
  需要我的話，我會在附近。

- Steve travelled **around** for a few years.
  史提夫到處旅行了好幾年。

| arrive [əˋraɪv] | *v.i.* 到達；到來 |

- Our teacher asks us to **arrive** at school on time
  every day.　我們老師要求我們每天準時到達學校。

注意

arrive 為不及物動詞，後面接地點名稱時必須先加介系詞，並隨
地點種類的不同而異，例如：arrive at <u>school</u>/<u>the park</u>, arrive in
<u>the big city</u>/<u>country</u> (at 後面接小地方，in 後面則是接城市或國
家等大地方)。

| **art** | [ɑrt] | *n.* [U] 藝術 |

· Are you interested in **art** like dancing or painting?
　你對於像舞蹈或者繪畫等藝術有興趣嗎？

| as | [əz] | *conj.* 和～一樣；當～時 = **when**；
因為 = **because**
adv. 和～一樣；如同
prep. 身為 |

· The mountain is not so high **as** we have thought.
　這座山不像我們想地那麼高。

· **As** he was going to bed, the telephone rang.
　當他正要上床睡覺的時候，電話響了。

· I didn't go to school **as** I caught a cold.
　我沒去上學，因為我感冒了。

★ as...as... 　像～一樣～

· Cathy can not run **as** fast **as** Penny.
　凱西無法跑得像潘妮一樣快。

· **As** a student, you must listen to the teacher.
　身為一個學生，你必須要聽從老師的話。

A

| ask | [æsk] | *v.t. v.i.* 詢問 ↔ **answer**；要求 |

- If you have any question, you can **ask** your
  teacher.　如果你有任何問題，你可以問你的老師。

★ ask sb. to V　要求/請求某人～

- My mom **asked** me to come home before nine
  o'clock.　我媽媽要求我九點以前回家。

| at | [ət; 重讀 æt] | *prep.* 在～；在～(工作、讀書)；
在～時；在～年齡；對著；在～
方面；在～情況下 |

- I bought this watch **at** that store.
  我在那家店買了這隻手錶。

- Daniel is a student **at** Harvard.
  丹尼爾是哈佛大學的學生。

- My mother gets up **at** 6 o'clock every morning.
  我媽媽每天早上六點起床。

- Helen got married **at** 25.
  海倫二十五歲時結婚。

- Don't look **at** me like that.　不要那樣看著我。

- Bruce is good **at** math.　布魯斯擅長數學。

- Mr. Miller is **at** lunch.　米勒先生正在用午餐。

| August | [ˈɔgəst] | *n.* [U][C] 八月 |

- **August** is the eighth month of the year.
  八月是一年之中的第八個月。

aunt	[ænt]	n. [C] 阿姨;姑姑;舅媽;嬸嬸

- **Aunt** Polly was very angry because I broke her window.　波莉姨媽很生氣,因為我打破她的窗戶。

autumn	[ˋɔtəm]	n. [C][U] 秋天 (英式用法)
		= **fall** (美式用法)

- The weather is cool in **autumn**/fall.
  秋天天氣很涼爽。

away	[əˋwe]	adv. 離開;有～之遠

- Mr. Kao is **away** on a business trip.
  高先生外出出差。
- ★ away from + N　離～有多遠
- The house is not far **away** from here. You can go there on foot.
  那棟房子離這兒不遠。你可以走路過去。

15

| baby | [`bebɪ] | *n.* [C] 小嬰兒 |

- The newborn **baby** is so cute that all of us like her.

  這個剛出生的小嬰兒好可愛，我們都喜歡她。

| back | [bæk] | *adv.* 向後；回原處 |
| | | *n.* [C] 背部；後部 ↔ **front** |

- I stood **back** to look at the big picture.

  我向後站，以便看那張大圖。

- Put the book **back** on the desk.

  把書本放回書桌上。

- Ben patted me on the **back** to wake me up.

  班輕拍我的背，將我叫醒。

★ in back of + N　在～後面

- There is a beautiful garden in **back** of the house.

  這房子後面有一個美麗的花園。

★ in the back of + N　在～的後面

- Tony always sits in the **back** of the classroom.

  東尼總是坐在教室後面。

注意

in back of 和 in the back of 的差別在於前者指在於範圍外部的後面（如：我家的後面有山坡），而後者則是指範圍內後面的部分（如：飛機的後端是行李艙）。

| bad | [bæd] | *adj.* 不好的，壞的 ↔ **good**； |
| | | 有害的 (～, worse, worst) |

- Huck is a **bad** boy. He always makes fun of other kids and laughs at them.　哈克是個壞男孩。他總是捉弄其他孩子並嘲笑他們。
- Reading in dim light is **bad** for your eyes. 在昏暗光線下閱讀，對你的眼睛不好。

| bag | [bæg] | n. [C] 袋子，提袋，旅行袋 |

- Laura is shopping in the market with a **bag** in her hand.　蘿拉正在市場購物，手裡提個袋子。

| bakery [`bekərı] | n. [C] 麵包店 |

- Yvonne likes to buy bread in that **bakery**. 伊凡喜歡在那家麵包店買麵包。

| ball | [bɔl] | n. [C] 球；球狀體 |

- A few boys are kicking a **ball** in the park. 幾個小男孩在公園裡踢著球。

| banana [bə`nænə] | n. [C] 香蕉 |

- **Bananas** are sweet fruit with yellow skin and white meat.
香蕉是有黃色果皮以及白色果肉的香甜水果。

| band | [bænd] | n. [C] 樂隊，樂團 |

- Johnny was a drummer in a **band** when he was sixteen.　強尼十六歲時，在樂團擔任鼓手。

bank [bæŋk] *n.* [C] 銀行；堤，岸

- Do you want to save your money in this **bank**?
  你想要在這家銀行裡存錢嗎？
- Danny likes to fish on the river **bank** on
  weekends. 週末時，丹尼喜歡到河堤釣魚。

baseball *n.* [U] 棒球
[`bes,bɔl]

- There are many students playing **baseball** at the
  playground. 有許多學生在操場上打棒球。

補充

MLB = Major League Baseball 美國職棒大聯盟

basket [`bæskɪt] *n.* [C] 籃子

- Mother put the fruit she bought in the **basket**.
  媽媽把她買的水果放在籃子裡。

basketball *n.* [U] 籃球
[`bæskɪt,bɔl]

- Joe is a **basketball** player, and dreams to join the
  NBA. 喬是個籃球員並夢想能加入 NBA。

補充

NBA = National Basketball Association 全美籃球協會

bath [bæθ] *n.* [C] 沐浴

- My dad likes to take a hot **bath** after he takes
  exercise. 我爸爸運動後喜歡洗個熱水澡。

bathroom	*n.* [C] 浴室
[`bæθ͵rum]	

- Don't let the kids play in the **bathroom**. It's dangerous.

  不要讓小孩在浴室裡玩耍。這樣挺危險的。

be	[bi]	*aux.* 正在；被…
		v. 是；成為；在（某個地方）

注意

<table>
<tr><td colspan="4" align="center">be 的時態變化</td></tr>
<tr><td>時態</td><td>人稱</td><td>單數</td><td>複數</td></tr>
<tr><td rowspan="3">現在式</td><td>第一人稱</td><td>I am</td><td>We are</td></tr>
<tr><td>第二人稱</td><td>You are</td><td>You are</td></tr>
<tr><td>第三人稱</td><td>He/She/It is</td><td>They are</td></tr>
<tr><td rowspan="3">過去式</td><td>第一人稱</td><td>I was</td><td>We were</td></tr>
<tr><td>第二人稱</td><td>You were</td><td>You were</td></tr>
<tr><td>第三人稱</td><td>He/She/It was</td><td>They were</td></tr>
<tr><td colspan="2" align="center">過去分詞</td><td colspan="2" align="center">been</td></tr>
<tr><td colspan="2" align="center">現在分詞 / 動名詞</td><td colspan="2" align="center">being</td></tr>
</table>

- What **are** you doing now? I **am** reading a book.

  你現在做什麼？我正在讀一本書。

- When **were** you born? I **was** born in August.

  你何時出生的？我在八月出生。

- That book **is** mine.　那本書是我的。

- What do you want to **be** when you leave school?
  你將來畢業後要做什麼？
- Where **are** you, Jenny? I'**m** in my room.
  珍妮，你在哪裡？我在我房裡。

---

beach   [bitʃ]   *n.* [C] 海灘

- My boyfriend and I like to take a walk along the
  beach. 我男朋友和我喜歡沿著海灘散步。

---

bear   [bɛr]   *n.* [C] 熊   *v.t.* 忍受；經得起
                                    (~, bore, born)

- Teddy **bears** are loved by many children around
  the world. 泰迪熊受到全世界許多小孩的喜愛。
- Turn the radio off. I can't **bear** the noise any
  more.
  把收音機關掉。我再也忍受不了這個噪音了。

---

beautiful   *adj.* 美麗的，漂亮的
[ˋbjutəfəl]

- Rebecca wore a **beautiful** dress to the party last
  night. 蕾蓓卡昨晚穿了漂亮的洋裝參加舞會。

---

because   *conj.* 因為
[bɪˋkɔz]

- I can't talk to you now **because** I am busy with
  my work.
  我現在不能跟你說話，因為我正忙於工作。

★ because of + N/V-ing　因為（由於）～
- **Because** of your help, I could finish my work in time.　由於你的幫忙，我才能及時完成工作。

become	v.t. 變成，成為
[bɪ`kʌm]	(～, became, become)

- Nally has **become** a famous movie star in Hong Kong.　娜莉在香港已成為有名的電影明星。

bed [bɛd]	n. [C][U] 床

- There are two **beds** and one desk in my room.
  在我的房裡有兩張床和一張書桌。
★ go to bed　上床睡覺
- Claire goes to **bed** before 10 o'clock every night.
  克萊兒每天晚上十點以前上床睡覺。

bedroom	n. [C] 臥室，寢室
[`bɛd͵rum]	

- When I was a kid, I shared a **bedroom** with my sister.　我小時候和我姊姊共用一間臥室。

bee [bi]	n. [C] 蜜蜂

- There are many **bees** and flowers in the garden.
  在花園裡有許多的蜜蜂和花。
★ as busy as a bee　非常忙碌的
- Thomas is as busy as a **bee** and he doesn't have time to rest.

湯瑪士非常忙碌，沒有時間可以休息。

B

| beef | [bif] | *n.* [U] 牛肉 |

· Many Americans love the **beef** noodles in Taiwan.
許多美國人喜歡臺灣的牛肉麵。

| before | [bɪˋfɔr] | *prep.* 在～以前（後接 <u>N</u>/V-ing）|

↔ **after**

conj. 在～以前（後接子句）

adv. 較早，以前，之前

· Ella had finished her homework **before** sleeping.
艾拉在睡覺之前，已經做完了家庭作業。

· Hebe always has a glass of milk **before** she goes
to school.　希碧在上學前總會喝杯牛奶。

· Ann has never heard such a beautiful song **before**.
安以從來沒聽過這麼美妙的歌曲。

| begin | [bɪˋgɪn] | *v.t. v.i.* 開始 = **start** |

(～, began, begun)

★ begin + <u>to V</u>/V-ing　開始～

· At 12 o'clock, the ship **began** to move/moving.
十二點整，船開始動了。

| behind | | *prep.* 在⋯後面 |
| [bɪˋhaɪnd] | | |

· The boy was hiding **behind** a car.
小男孩躲在車後面。

believe [bə`liv]　*v.t. v.i.* 相信

- If you keep telling lies, nobody will **believe** you.
  如果你一直說謊，就沒人會相信你了。
- ★ believe in　信仰，信任
- We **believe** in God.　我們信仰上帝。

bell　　[bɛl]　*n.* [C] 鐘，鈴；鐘聲，鈴聲

- Somebody is ringing the **bell**. Go and see who it
  is!　有人在按門鈴。去看看是誰！
- The **bell** is ringing. It's time to take a break!
  鐘聲響了。是休息一下的時候囉！

belong [bə`lɔŋ]　*v.i.* 屬於

- ★ belong to + N　屬於～
- These new toys **belong** to the little boy.
  這些新玩具是屬於這個小男孩的。

below　[bə`lo]　*prep.* 在…下面

- There is a pencil **below** my desk.
  有一支鉛筆在我桌子底下。

belt　　[bɛlt]　*n.* [C] 腰帶，帶狀物

- ★ seat belt　安全帶
- Before you drive a car, remember to fasten your
  seat **belt**.　在你開車之前，記得繫上安全帶。

beside [bɪ`saɪd]　*prep.* 在…旁邊

- The girl stood **beside** the bookstore.

23

小女孩站在書店的旁邊。

B

between	*prep.* 在…之間
[bə`twin]	*adv.* 在…中間

- There are three people **between** Jim and Kim.
  在吉姆和金之間有三個人。
- My house is **between** the park and the bus stop.
  我家在公園和公車站牌中間。

bicycle	*n.* [C] 腳踏車 = **bike** [`baɪk]
[`baɪsɪkl]	

- Do you like to ride a **bicycle** along the country
  road? 你喜不喜歡沿著鄉村小路騎腳踏車？

big	[bɪg]	*adj.* 大的 ↔ **small**

- Mother made a **big** cake. It is **big** enough for ten
  people to eat.
  媽媽做了個大蛋糕，大的可讓十個人吃。

bird	[bɝd]	*n.* [C] 鳥

- I wish I could fly like a **bird**.
  我希望我可以像鳥一樣飛翔。

birthday	*n.* [C] 生日
[`bɝθ,de]	

- Happy **birthday** to you! 祝你生日快樂！

bite	[baɪt]	*v.t.* 咬；叮咬 (~, bit, bitten)

- Jane was **bitten** by a dog yesterday.

珍昨天被狗咬了。

- A mosquito **bit** me just now.　剛才有蚊子叮我。

| black | [blæk] | *adj.* 黑色的 ↔ **white**；黑暗 = **dark** |
| | | *n.* [U] 黑色 |

- Danny's hair is **black**.　丹尼的頭髮是黑色的。
- It was pitch **black** inside.　裡面一片漆黑。
- The kids are dressed in **black** for their dead mother.

  那些孩子為了他們死去的母親，穿著黑色的衣服。

| blackboard | *n.* [C] 黑板 |
| [`blæk͵bɔrd] | |

- The teacher wrote the answers on the **blackboard**.
  老師把答案寫在黑板上。

| blind | [blaɪnd] | *adj.* 瞎的，失明的；盲目 |

- Guide dogs help **blind** people a lot.
  導盲犬對於盲人的幫助很大。
- Love is **blind**.　愛情是盲目的。

| block | [blɑk] | *n.* [C] 街區；阻礙物 |
| | | *v.t.* 阻礙 |

- The store is just two **blocks** away. You can walk there.

  那家店距離這兒只有兩個街區，你可以走路過去。

- After the earthquake, the road was **blocked** by

25

rocks.　地震之後，這條路被岩石給擋住了。

| blow | [blo] | v.t. v.i. 吹 (～, blew, blown) |

- The strong wind **blew** my hat away.
  大風吹走了我的帽子。

★ blow one's nose　擤鼻涕

- Tina **blows** her nose all day. She must catch a
  cold.　蒂娜整天都在擤鼻涕。她一定是感冒了。

| blue | [blu] | adj. 藍色的；憂鬱的 |
| | | n. [U] 藍色 |

- The weather is great with the warm sun and **blue**
  sky.　天氣很棒，有溫暖的太陽及藍藍的天空。
- Whenever I feel **blue**, I would go outside and take
  a walk.　每當我覺得憂鬱時，就會到戶外散步。
- **Blue** is the color of the clean river and the clear
  sky.　藍色是乾淨河水和晴朗天空的顏色。

| boat | [bot] | n. [C] 小船；輪船 |

- We have to cross the river by **boat**.
  我們必須搭小船過河。

★ in the same boat　處境相同

- You are poor and I have no money; we are in the
  same **boat**.
  你很窮，而我沒有錢，我們處境相同。

| body | [ˋbɑdɪ] | n. [C] 身體 |

- You had better wash your **body** before you go to bed.　上床睡覺前，你最好洗一下身體。

★ a body language　肢體語言

- Smiling is a **body** language. Everyone knows what it means.

  微笑是種肢體語言。人人都知道它的意義。

| book | [bʊk] | *n.* [C] 書 |
| | | *v.t. v.i.* 預訂，預約 |

- When you read a **book**, do you like to listen to some music?　你看書時喜歡聽些音樂嗎？
- Do you know how to **book** a room online?

  你知道怎麼在線上訂房嗎？

| bookstore | *n.* [C] 書店 |
| [`bʊkˌstor] | |

- On weekends, I like to go to the **bookstore** to read some books.　週末時，我喜歡去書店看看書。

| bored | [bɔrd] | *adj.* 感到厭煩的；感到無聊的 |

- Jerry felt so **bored** because no one could play with him.　傑瑞覺得很無聊，因為沒人可以陪他玩。

★ be bored with + N　對～感到厭煩

- George is **bored** with the same game.

  喬治對於同樣的遊戲感到厭煩。

| boring | [`bɔrɪŋ] | *adj.* 令人生厭的；無聊的 |

B

27

- I don't want to watch the **boring** program.
  我不想看那個無聊的節目。

born [bɔrn]　*adj.* 出生的；天生的

- My best friend was **born** on Christmas Eve.
  我最好的朋友在聖誕夜出生。
- Elizabeth Taylor is a **born** movie star.
  依莉莎白‧泰勒是個天生的電影明星。

borrow [ˋbaro]　*v.t. v.i.* 借，借入

- James wanted to **borrow** a sports car to pick up
  his girlfriend.　詹姆士想借跑車來接他女朋友。
- ★ borrow sth. from sb.　向～借～
- I usually **borrow** books from the library.
  我常向圖書館借書。

boss [bɔs]　*n.* [C] 老闆

- Who is the **boss** in this bookstore?
  誰是這家書店的老闆？

both [boθ]　*pron.* 兩個～都～
　　　　　　　　　　adv. 兩者皆～

- **Both** of his arms were hurt in the car accident.
  在車禍中，他的兩隻手臂都受傷了。
- I like apples and oranges **both**.
  = I like **both** apples and oranges.
  蘋果和柳橙，我兩個都喜歡。

★ both A and B　A 和 B 都～

· **Both** Tim and Joy were late for school.

提姆和裘依兩個人上學都遲到了。

---

bottle　[`batl]　*n.* [C] 瓶子

· Annie found a letter in the **bottle**.

安妮發現一封瓶中信。

★ a bottle of + N　一瓶～（的量）

· Give me a **bottle** of water.　給我一瓶水。

---

bottom　*n.* [C] 底，底部 ↔ **top**

[`batəm]

· The **bottom** of the bottle is broken.

這個瓶子底部破了。

· It is so dark at the **bottom** of the sea.

海底非常暗。

---

bowl　[bol]　*n.* [C] 碗

· Be careful. Don't break the **bowls** on the table.

小心一點。不要把桌上的碗打破了。

★ a bowl of + N　一碗～

· My mom cooked a **bowl** of hot chicken soup for

me.　我媽媽為我煮了一碗熱雞湯。

---

box　[baks]　*n.* [C] 盒子 (**boxes**)

· These **boxes** are all full of books and are very

heavy.　這些箱子裡全裝滿了書且非常重。

B

★ a box of + N　一盒～；一箱～

- Bob was happy to get a **box** of toys on Christmas.
  鮑伯很高興在聖誕節收到一箱的玩具。

---

boy　　　　[bɔɪ]　n. [C] 男孩；兒子 = **son** ↔ **girl**

- There are twenty **boys** and twenty girls in our
  class.　我們班上有二十個男生和二十個女生。
- Mr. and Mrs. Chang have two **boys** and one girl.
  張先生和張太太有兩個兒子和一個女兒。

---

bread　[brɛd]　n. [U] 麵包

- Tina always has **bread** and milk for breakfast.
  蒂娜早餐總是吃麵包和牛奶。

---

break　　[brek]　v.t. 打破；弄壞
　　　　　　　　　　　（～, broke, broken）
　　　　　　　　　　　n. [C] 短暫的休息

- My glasses were **broken** when I played
  basketball.　我的眼鏡在打籃球時被打破了。

★ take a <u>break</u>/<u>rest</u>　休息一下

- We have been walking for three hours. Let's take
  a **break**/rest.
  我們已走三小時了。我們休息一下吧。

---

breakfast　　　　　n. [C][U] 早餐
[ˋbrɛkfəst]

- You should eat **breakfast** every morning.

30

你應該每天早上吃早餐。

bridge [brɪdʒ] *n.* [C] 橋

· After we cross the **bridge**, we will arrive at the next town.　我們過橋後就會抵達下一個城鎮。

bright [braɪt] *adj.* 明亮的

· The **bright** sun made all of us feel energetic.
明亮的太陽使我們覺得充滿活力。

bring [brɪŋ] *v.t.* 帶來 (～, brought, brought)

★ bring sth. for sb. = bring sb. sth.　把某物帶給某人

· Can you **bring** the book for me?

= Can you **bring** me the book?

你可以帶那本書給我嗎？

brother *n.* [C] 兄弟
[`brʌðɚ]

· How many **brothers** and sisters do you have?
你有多少個兄弟姊妹？

brown [braʊn] *adj.* 棕色的，褐色的
n. [U] 棕色，褐色

· I like to take sunbath, which makes me have **brown** skin.

我喜歡做日光浴，讓我有褐色的肌膚。

· **Brown** is the color of coffee and chocolate.
棕色是咖啡和巧克力的顏色。

brush	[brʌʃ]	n. [C] 刷子；畫筆 (brushes)
		v.t. 刷～

- The teacher taught us how to paint with a **brush**.
  老師教我們如何用畫筆畫畫。
- Be sure to **brush** your teeth before going to bed.
  你睡前務必刷牙。

build	[bɪld]	v.t. 建造～ (～, built, built)

- The workers are **building** a bridge at the small
  town.　工人正在小鎮裡造一座橋。

burn	[bɝn]	v.t. v.i. 燃燒；燒毀

★ burn down　完全燒毀
- The museum built in 1920 was **burned** down last
  night.　這棟建於一九二〇年的博物館昨晚燒毀了。

bus	[bʌs]	n. [C] 公車 (buses)

★ take a bus = by bus　搭公車
- Lily takes a **bus** to school every day.
  = Lily goes to school by **bus** every day.
  莉莉每天搭公車上學。

★ miss the bus　錯過公車
- Peter was late for school because he missed the
  bus.　彼得因為錯過公車所以上學遲到。

business		n. [C][U] 生意；本分
[ˋbɪznɪs]		

· How is your **business** these days?

你這幾天生意如何？

★ business hours　營業時間

· Our **business** hours are from 10 a.m. to 10 p.m.

我們的營業時間是從早上十點到晚上十點。

★ none of one's business　不關某人的事

· Go away. It's none of your **business**.

走開。這不關你的事。

businessman	*n.* [C] 商人
[`bɪznɪsˏmæn]	

· A good **businessman** should know how the market works.

一個好的商人應該知道市場如何運作。

busy	[`bɪzɪ]	*adj.* 忙碌的

★ be busy (in) + V-ing　忙於～

· Mom is **busy** doing dishes.　媽媽正忙著洗碗盤。

★ be busy with + N　忙於～

· Students in the third grade are **busy** with their studies.　三年級的學生正忙著他們的課業。

but	[bʌt]	*conj.* 可是；而是

· I really want to help you, **but** I have no money.

我真的想幫你，可是我沒錢。

· It was not me **but** him who won the game.

不是我而是他贏得了比賽。

B

butter [ˈbʌtɚ]　　*n.* [U] 奶油

- Benny likes to spread some **butter** on the bread.
  班尼喜歡在麵包上塗些奶油。

buy　　　[baɪ]　　*v.t.* 買 ↔ **sell**

　　　　　　　　　　　　(∼, bought, bought)

- Alan **bought** nothing at the shop.
  艾倫在這家店什麼都沒買。

★ buy sb. sth. = buy sth. for sb.　　買某物給某人

- It's kind of you to **buy** me a Christmas present.
  = It's kind of you to **buy** a Christmas present for
  　　me.　　你買聖誕禮物給我真體貼。

by　　　　[baɪ]　　*prep.* 在…旁邊；用… (方法)

- I pass **by** your house every day.
  我每天經過你家。

- The old man makes money **by** selling newspapers.
  這個老先生靠賣報紙維持生計。

cake	[kek]	*n.* [C] 蛋糕

- My girlfriend made a birthday **cake** for me.
  我女朋友做了一個生日蛋糕給我。

★ a piece of cake　非常簡單的事

- I can answer these questions. It's a piece of **cake**.
  我可以回答這些問題。這是非常簡單的事。

call	[kɔl]	*v.t. v.i.* 打電話（給～）；喊叫
		v.t. 取名；叫～（名稱）
		n. [C]（一通）電話

- **Call** me when you get home, no matter how late it
  is.　不管多晚，當你到家時，打電話給我。

★ call out　大聲喊叫

- On seeing the snake, Vivian **called** out "Help!"
  一看到蛇，薇薇安就大喊「救命！」

- Muhammad Ali was **called** the greatest boxer in
  the world.
  穆罕默德・阿里被稱為世界上最優秀的拳擊手。

- Give me a **call** if you need any help.
  如果你需要任何的幫助，打一通電話給我。

camera		*n.* [C] 相機
[ˋkæmərə]		

- Digital **cameras** are very popular today.
  現今數位相機很受歡迎。

35

| camp | [kæmp] | n. [C][U] 營地；營隊 |
| | | v.i. 露營 |

- We walked back to the **camp**, and made a fire to cook. 我們走回營地，並生火煮飯。
- We plan to join the basketball **camp** this summer vacation. 我們今年暑假計劃參加籃球營。
- David went **camping** in the mountain and had a good time. 大衛去山上露營並玩得很愉快。

can	[kæn]	aux. 會；能；可能（過去式：**could**
		[kʊd]；否定縮寫：**can't**）
		n. [C]（食物）罐頭；容器

- Paul **can** speak very good English.
  保羅會說很流利的英語。
- I had no money with me so I **could** not buy that book. 我身上沒帶錢，所以不能買那本書。
- ★ a can of + N　一罐～
- Mother bought two **cans** of peas to cook with.
  媽媽買了兩罐豆子用來做菜。

| candy | [ˈkændɪ] | n. [C][U] 糖果 |

- Remember to brush your teeth after you eat **candy**. 吃完糖果後記得要刷牙。

| cap | [kæp] | n. [C] 無邊帽，鴨舌帽 |

- Jack likes to wear a **cap** when he goes out.

傑克出門時，喜歡戴頂帽子。

car [kɑr] *n.* [C] 汽車

· There are over two million **cars** in Taiwan.
台灣有超過兩百萬輛的汽車。

★ a sports car　跑車　　a racing car　賽車

card [kɑrd] *n.* [C] 卡片

· Christmas is coming, and everybody starts to send **cards**.　聖誕節即將來臨，大家都開始寄卡片。

★ a business card　名片　　a credit card　信用卡

care [kɛr] *v.i.* 在乎，關心　*n.* [C][U] 照顧

· I don't **care** which team won the game at all.
我一點都不在乎哪一隊贏了這場比賽。

★ care about + N　關心～，在乎～

· We should **care** about people around us.
我們應該關心我們週遭的人。

★ take care of + N　照顧～

· You should take good **care** of yourself.
你應該好好照顧自己。

careful [ˋkɛrfəl] *adj.* 小心的

· Be **careful** when you walk on the street at night.
你晚上走在街上時要小心。

carry [ˋkærɪ] *v.t.* 攜帶

★ carry sth. with sb.　某人隨身攜帶某物

- Jack **carries** his camera with him wherever he goes. 無論傑克到哪裡，總是隨身帶著相機。

case [kes] *n.* [C] 案子；情況；箱子

- This is a murder **case**; we should call the police right now.
  這是件謀殺案，我們應該馬上通知警方。
- ★ in that case 在那樣的情況下
- Ted is sick. In that **case**, he can't go to school.
  泰德生病了。在那樣的情況下，他不能去上學。
- Carol put her clothes in the **case** and brought it out.
  卡蘿把她的衣服塞進手提箱，然後帶著它出門。

cat [kæt] *n.* [C] 貓

- Most people keep dogs or **cats** as their pets.
  大多數的人養狗或貓當寵物。
- It rains **cats** and dogs. [諺] 下起傾盆大雨。
- ★ let the cat out of the bag 洩漏秘密
- Keep your mouth closed. Don't let the **cat** out of the bag. 閉上你的嘴巴，別洩漏了秘密。

catch [kætʃ] *v.t.* 接住；捕獲；趕上；感染（疾病）(~, caught, caught)

- My dog can **catch** a baseball and a Frisbee.
  我的狗會接棒球和飛盤。

- The hunter **caught** two rabbits and a fat pig today.
  那個獵人今天捕獲了兩隻兔子和一隻大肥豬。

- John didn't **catch** the bus, so he was late for school.　約翰沒有趕上公車，所以上學遲到了。

★ catch a cold　感冒

- I **caught** a cold, so Mother didn't want me to play outside.　我感冒了，所以媽媽不讓我出去玩。

celebrate	*v.t. v.i.* 慶祝
[`sɛlə,bret]	

- We went to a restaurant to **celebrate** Mom's birthday.　我們去一家餐廳慶祝媽媽的生日。

- The tests are finally over; it's time to **celebrate**.
  考試終於結束；現在該是慶祝的時候了。

cell phone	*n.* [C][U] 手機 = **cellphone**
[`sɛl,fon]	= **mobile phone** [,mobil`fon]

- In Taiwan, almost everyone has a **cell phone**.
  在臺灣，幾乎每個人都有一支手機。

- I called Peter by **cell phone** in the car.
  我在車上用手機打電話給彼得。

注意

cell phone 當一般名詞使用時是可數的，如一隻手機 (one cell phone)、兩隻手機 (two cell phones)，但當它做為聯絡工具時，則為不可數名詞，前面不可加冠詞。

C

cent [sɛnt]   *n.* [C]（一）分錢

· It cost me fifty **cents** to buy the ice cream.

買冰淇淋花了我五十分錢。

比較

單位	美國、加拿大一元以下硬幣比較
dollar [ˋdɑlɚ]	一元 = 4 quarters = 100 cents
quarter [ˋkwɔrtɚ]	二角五分 = 1/4 dollar = 25 cents
cent [sɛnt]	一分 = 1/100 dollar

center [ˋsɛntɚ]   *n.* [C] 中央；（活動）中心

· People believed that the earth is in the **center** of
the space.   以前人們相信地球位於宇宙的中心。

· The big city is the business **center** of that country.

那個大城市是該國的商業中心。

chair [tʃɛr]   *n.* [C] 椅子

· There are fifty desks and fifty **chairs** in the
classroom.   教室裡有五十張桌子和五十張椅子。

chalk [tʃɔk]   *n.* [U] 粉筆

· I need a piece of **chalk** to write on the blackboard.

我需要一隻粉筆在黑板上書寫。

chance [tʃæns]   *n.* [C][U] 機會

· You should get the **chance** to make your dream
come true.   你應該抓住機會讓你的夢想成真。

· We should give children more **chances** to learn.

我們應該給小孩更多學習的機會。

change	v.t. v.i. 改變，變化
[tʃendʒ]	n. [C][U] 改變，變化

· Nothing has **changed** in the town since I was ten.
自我十歲起，這城鎮一直沒有任何變化。

★ change one's mind　改變某人的想法

· After thinking carefully, Jay decided to **change**
his mind.　仔細思考後，傑決定改變他的想法。

· My life is boring now. I think I need some
changes.
我現在的生活很無聊，我想我需要一些變化。

cheap　[tʃip]	adj. 便宜的 ↔ **expensive**

· Almost everything is **cheap** in the flea market.
在跳蚤市場裡，幾乎每樣東西都便宜。

cheat　[tʃit]	v.i. 作弊　v.t. 欺騙
	n. [C] 欺騙；作弊（事件）

· You shouldn't have **cheated** on the test.
你考試不該作弊。

· You cannot **cheat** me. You are not smart enough.
你騙不了我的。你還不夠聰明呢。

★ cheat sb. (out) of sth.　向某人騙取～

· The young woman **cheated** the rich man (out) of
lots of money.

41

那名年輕女郎騙了那有錢人一大筆錢。

- There are more and more **cheats** in these years.
  近幾年有愈來愈多的詐騙事件發生。

---

check   [tʃɛk]   *v.t.* 檢查   *n.* [C] 檢查

- **Check** your answers again before you hand in the
  paper.   在你交考卷前，再檢查一次你的答案。

★ check in/out   登記 / 結帳

- Kim **checked** in at the hotel on Wednesday night.
  金在週三晚上登記入住旅館。

- Remember to give the car a **check** once a year.
  記得每年幫車子做一次檢查。

---

cheer   [tʃɪr]   *v.t. v.i.* 歡呼；喝采

                                       v.t. 鼓舞～

- Jenny **cheered** crazily when she won two million
  dollars.   珍妮在贏得兩百萬時瘋狂地歡呼。

★ cheer for sb.   為某人加油

- Tom's family **cheered** for him during the game.
  湯姆的家人在那場比賽中為他加油。

- The hope to win **cheered** me (up) and brought me
  success.
  想要獲勝的希望鼓舞了我，並為我帶來成功。

★ Cheer up!   振作點！

- **Cheer** up !It's not the end of the world.

振作點！這又不是世界末日。

cheese	[tʃiz]	n. [C][U] 乳酪，起司

· Some people don't like the smell of **cheese**.
有些人不喜歡乳酪的味道。

· Say **cheese**.　說起司。(拍照常用語。)

chicken	n. [U] 雞肉
[ˋtʃɪkən]	n. [C] 雞；懦夫，膽小鬼
	adj. 膽怯的

· I like **chicken** most but not beef, pork or fish.
我最喜歡雞肉而非牛肉、豬肉或魚肉。

★ fried chicken　炸雞

· KFC is famous for its fried **chicken**.
肯德基以其炸雞聞名。

· My uncle keeps **chickens** and pigs on his farm.
我叔叔在他的農場飼養雞和豬。

· Jack was called a **chicken** because he is afraid of darkness.　傑克被叫成膽小鬼，因為他怕黑。

· Danny was too **chicken** to ask the girl he liked out.　丹尼太膽怯而不敢約他喜歡的女孩出去。

child	[tʃaɪld]	n. [C] 小孩 (**children** [ˋtʃɪldrən])
		= **kid**

· Don't be so hard on him. He's a **child** after all.
別如此苛責他。畢竟他只是個孩子。

| China [ˋtʃaɪnə] | n. 中國（首字母 C 大寫） |
| | n. [U] 瓷器（首字母 c 小寫） |

- I have been to Beijing, **China**, once one year ago.
  我一年前去過一次中國的北京。
- Please be careful with these **china** teacups, or
  you'll break them.
  請小心處理這些瓷杯，不然你可能會打破它們。

| Chinese | n. [C] 中國人　　n. [U] 中文 |
| [tʃaɪˋniz] | adj. 中國的 |

- I'm a **Chinese**, not an American.
  我是中國人，不是美國人。
- There are more and more **Chinese** studying in the
  U.S.A.　有愈來愈多的中國人去美國唸書。

注意

Chinese 當「中國人」時，是可數名詞，但單複數同形，複數時
並不需要加 s。

- Gary is an American. He is learning **Chinese** in
  Taiwan.　葛瑞是美國人。他正在台灣學習中文。
- **Chinese** Kung Fu often appears in Hollywood
  movies.　中國功夫時常出現在好萊塢電影中。

| chocolate | n. [U] 巧克力　　n. [C] 巧克力糖 |
| [ˋtʃɔklɪt] | n. [C][U] 巧克力飲料 |

- It might make you fat if you eat too much

chocolate. 吃太多巧克力可能會讓你發胖。

- Jessie bought a box of **chocolates** for John on Valentine's Day.
  潔西在情人節為約翰買了一盒巧克力糖。
- It is so cold. Could you give me a cup of hot **chocolate**? 好冷。可以給我一杯熱巧克力嗎？

chopstick　　　　　*n.* [C] 筷子
[`tʃɑpˌstɪk]

- Some foreigners have trouble using **chopsticks** when eating Chinese food. 有些外國人吃中國食物時，在使用筷子上遇到困難。

注意

chopsticks 通常用複數，只用一支筷子是無法吃飯的。

Christmas　　　　*n.* [U] 聖誕節 = **Xmas**
[`krɪsməs]

- **Christmas** falls on December 25th every year.
  聖誕節在每年的十二月二十五號。
- Merry **Christmas**. 聖誕快樂。

church [tʃɝtʃ]　　*n.* [C] 教堂　*n.* [U] 禮拜儀式

- The Father lives in the **church** near the town.
  那位神父就住在城鎮旁的教堂裡。
- ★ go to church 上教堂（做禮拜）
- Ned believes in God and goes to **church** every

45

Sunday. 奈德相信上帝且每個星期天都上教堂。

---

circle [ˈsɝ·kl̩] *n.* [C] 圓圈 *v.t.* 圈出，圍著

- To play the game, we sit in a **circle** on the floor.
  為了要玩遊戲，我們圍成圓圈坐在地板上。
- Listen to the questions and **circle** the correct
  answers. 仔細聽問題並圈選出正確的答案。

---

city [ˈsɪtɪ] *n.* [C] 城市 (**cities**)
adj. 城市的，都會的

- Living in the **city** is more convenient than living
  in the country. 住在都市比住在鄉下方便。
- **City** people are always in a hurry.
  都市人總是匆匆忙忙的。

---

class [klæs] *n.* [C][U] 班級；(一節) 課
(**classes**)
n. [C] 等級

- I have an English **class** today.
  我今天有堂英文課。
- Polly is the most beautiful girl in my **class**.
  波莉是我班上最漂亮的女孩。
- ★ in/during class 上課中
- The teacher tells us not to talk in/during **class**.
  老師叫我們上課中不要講話。
- ★ high-class 高級的

· Paul and Mary ate at a *high-class* restaurant on Christmas Eve.
保羅和瑪莉聖誕夜在一家高級餐廳用餐。

classmate [`klæs,met]	*n.* [C] 同班同學

· Stewart is my **classmate**. We studies in the same class. 史都華是我的同學。我們在同一班上課。

classroom [`klæs,rum]	*n.* [C] 教室

· The **classroom** is too small for forty students.
這間教室太小，容不下四十個學生。

clean [klin]	*adj.* 乾淨的 ↔ **dirty** *v.t.* 打掃

· The park is a public place; you should keep it **clean**. 公園是公共場所，你應該讓它保持乾淨。

· It won't take you much time to **clean** the room.
打掃房間不會花掉你太多時間。

★ clean up 徹底清理

· Don't be lazy! It's time for you to **clean** up your bedroom.
別懶惰！該是你把寢室徹底打掃乾淨的時候了。

clear [klɪr]	*adj.* 清楚的；清澈的；晴朗的 *v.t.* 清除

* Am I making myself **clear**?

  我講得夠清楚嗎？

* We could see the fish swimming in the **clear** river.

  我們可以看見魚兒在清澈的河水中游著。

* On a **clear** day, you can see the mountains easily from here.

  晴天時，你可以輕易地從這裡看到山。

* The garbage must be **cleared** away at once.

  垃圾必須馬上清除。

---

climb　[klaɪm]　*v.t. v.i.* 攀登～；爬～

* The kids are **climbing** a tree.　孩子們正在爬樹。

★ go mountain climbing　去爬山

* We went mountain **climbing** last Friday.

  我們上星期五去爬山。

* The bad man **climbed** into the house through a window.　壞人經由窗戶爬進房子。

---

clock　[klɑk]　*n.* [C] 時鐘

* The **clock** on the wall tells us what time it is.

  牆上的時鐘告訴我們現在是幾點。

★ an alarm clock　鬧鐘

* I set my alarm **clock** at 7:00 a.m. before I go to bed.　要去睡覺前，我把鬧鐘調到早上七點。

---

close　[kloz]　*v.t.* 關；打烊 ↔ **open**

adj. 接近的;親密的

- May **closed** all the windows to make the room warmer.　梅關了所有窗戶,好讓房間暖和些。
- The bookstore opens at 10 a.m. and **closes** at 10 p.m.

  那家書店早上十點開始營業,晚上十點打烊。
- The convenience store is **close** to the train station.　那家便利商店的位置接近火車站。
- Jane and Anne are **close** friends; they always play together.　珍和安是親密的朋友,總是玩在一起。

clothes　[kloz]　*n.* [C] 衣服

- Paul put on his sports **clothes** to go jogging.

  保羅穿上運動服去慢跑。

注意

clothes 指衣服各部分,只能用複數形式。但為可數名詞,所以前面可接 many 或 a few 等形容數量的數量詞。cloth 為單數形,意思為「布」,是不可數名詞。

cloudy [`klaʊdɪ]　*adj.* 多雲的

- The weather report says it will be **cloudy** with rain today.　氣象報告指出,今天多雲且有雨。

club　[klʌb]　*n.* [C] 社團;俱樂部

- Danny is the best player in the tennis **club** of school.　丹尼是學校網球社裡的最佳球員。

- May joined the swimming **club** last year and went swimming twice a week from then on. 梅去年加入游泳俱樂部，從那時起她每週去游泳兩次。

coat [kot] *n.* [C] 外套，大衣

- Take off your winter **coat.** It's not cold at all in the house.

  脫掉你的冬季外套。屋子裡一點都不冷。

★ raincoat 雨衣

- John put on his **raincoat** and rode his motorcycle away. 約翰穿上雨衣並騎摩托車走了。

coffee [ˋkɔfɪ] *n.* [U] 咖啡

n. [C] （一杯）咖啡

- I have made it a habit to drink a cup of **coffee** every morning.

  我已經養成每天早上喝一杯咖啡的習慣。

- I want two **coffees** without sugar, thanks.

  我想要兩杯咖啡不加糖，謝謝。

Coke [kok] *n.* [U] 可樂 = coke = Coca-Cola

n. [C] （一杯）可樂

- Drinking too much **Coke** isn't good for you.

  喝太多的可樂對你不好。

- Please give me two small **Cokes.**

  請給我兩杯小杯可樂。

C

| cold | [kold] | *adj.* 冷的 ↔ **hot** |
| | | *n.* [C][U] 感冒 |

· It's really **cold** outside.　外面真的很冷。

★ catch a (heavy) cold　得了（重）感冒

· Willy caught a **cold** for he got wet in the rain
  yesterday.　威利昨天被雨淋濕，所以感冒了。

| collect | [kə`lɛkt] | *v.t.* 收集 |
| | | *adj.* 由對方付費的（電話）|

· **Collecting** baseball cards was my hobby when I
  was still a kid.
  當我還是小朋友時，收集棒球卡是我的興趣。

★ make a collect call　打對方付費的電話

· I made **collect** calls to my parents when I studied
  in America.　我在美國唸書的時候，打過由對方
  付費的電話給我父母。

| color | [`kʌlɚ] | *n.* [C] 顏色，色彩 |
| | | *v.t.* 給～上色 |

· You can see seven different **colors** in a rainbow.
  你可以看到彩虹有七種不同的顏色。

★ color-blind　色盲的

· Dogs are born **color**-blind.　狗兒天生就色盲。

· I **colored** the sky blue and then finished the
  picture.

51

我把天空塗成藍色，然後就完成這幅畫了。

come	[kʌm]	v.i. 來 ↔ **go**；來臨
		(～, came, come)

- **Come** here. I will give you candies to eat.
  過來這兒，我會給你糖果吃。
- The summer vacation is **coming.**   暑假快來了。
- ★ come from   來自於～
- The boy told us that he **came** from California,
  United States.   那男孩告訴我們他來自美國加州。

comfortable	adj. 舒適的；使人舒適的
[ˋkʌmfə·təbḷ]	

- Taking a hot bath after work always makes me
  comfortable.   工作完洗熱水澡總讓我感到舒適。
- I like to take a walk in the **comfortable** weather.
  我喜歡在使人舒適的天氣中散步。

comic [ˋkɑmɪk]	adj. 喜劇的；使人發笑的

- I can't help laughing when I watch the **comic**
  show on TV.
  我看電視那齣喜劇時，我忍不住笑了。
- ★ comic book(s)   漫畫書
- I love reading **comic** books in my free time.
  在我空閒的時間，我喜歡看漫畫書。

common	adj. 常見的；共同的；公眾的

[ˈkɑmən]

- Cell phones are very **common**. You can see them everywhere.　手機十分常見，你到處都可以看到。
- Love of money is **common** to all people.
  愛好金錢是人人相同的。
- For **common** interests, we must keep the law.
  為了公眾的利益，我們必須遵守法律。

computer	*n.* [C] 電腦
[kəmˈpjutɚ]	

- Many teenagers often use **computers** to play
  online games.　許多青少年常用電腦玩線上遊戲。

convenient	*adj.* 方便的
[kənˈvinjənt]	

- It's **convenient** for students to go to school by
  MRT.　對學生而言，搭捷運上學很方便。

cook	[kʊk]	*v.t.* 烹煮～　*v.i.* 煮飯，做菜
		n. [C] 廚師

- I **cooked** some noodles for dinner.
  我煮了一些麵當晚餐。
- Mother is **cooking**, and she wants us to set the
  table first.
  媽媽正在煮飯，她要我們先擺設好飯桌。
- The **cook** prepared several delicious dishes for us.

那位廚師為我們準備了許多道美味的菜餚。

注意

常有人會誤認 cooker 的意思是廚師，但實際上 cook 才是廚師，而 cooker 是「炊具；烹調器具」的意思喔！

cookie [ˋkʊkɪ]　　*n.* [C] 餅乾

· The **cookie** tastes delicious. Give me one more, please.　這餅乾嚐起來真美味，請再給我一塊。

cool [kul]　　*adj.* 涼的 ↔ **warm**；酷的
　　　　　　　　　v.t. 使～變涼

· It's a nice and **cool** day, isn't it?
今天是個涼爽的好天氣，不是嗎？

· It is really **cool** to take an airplane.
搭飛機的感覺真的很酷。

· Ron tries to **cool** the soup quickly by blowing it.
朗吹吹湯，試著藉此讓它快些變涼。

★ cool sb./sth. down　使～冷靜（卻）下來

· Jenny was so angry that I couldn't **cool** her down no matter how hard I try.　珍妮實在太生氣了，以致於不管我多努力都無法讓她冷靜下來。

copy [ˋkɑpɪ]　　*n.* [C][U] 副本，影本；(相同書、雜誌等的) 一本，一份
　　　　　　　　　v.t. 抄寫；複印；抄襲

· Lisa made a **copy** of the report.

麗莎把那份報告抄／印了一份。

- I will send you a **copy** of this book as soon as possible.　我會儘快寄一本相同的書給你。

★ a copy machine　影印機

- Please **copy** these papers for me as fast as you can. 請儘快幫我抄寫／複印一份文件。

- Bill did not do homework by himself. He **copied** from me.　比爾沒有自己做功課。他是抄我的。

correct	*adj.* 正確的 = right
[kə`rɛkt]	*v.t.* 糾正

- The answer you just told me is not **correct**. Try it again.　你剛告訴我的答案不正確。再試一次。

- Would you please **correct** my mistakes? 能請你幫我糾正錯誤嗎？

cost	[kɔst]	*v.t.* 花費～(金錢)(～, cost, cost)

- The new pair of shoes **cost** me 3,000 NT dollars. 這雙新鞋花了我新臺幣 3,000 元。

★ cost an arm and a leg　非常昂貴

- The present I gave to my girlfriend **cost** an arm and a leg.　我送女友的禮物非常昂貴。

couch	[kaʊtʃ]	*n.* [C] 長沙發

- I like to lie on the **couch** and watch TV in the living room.

我喜歡躺在客廳的長沙發上看電視。

★ a couch potato 電視迷

· **Couch** Potatoes spend hours watching TV every day. 「電視迷」每天都花好幾個小時看電視。

| count | [kaunt] | *v.i. v.t.* 數，計算 |

· The little boy is learning to **count** from one to one hundred. 這小男孩正在學習從一數到一百。

★ count on sb. 依靠～，倚賴～

· You can always **count** on me no matter what happens. 無論發生什麼事，你都可以倚賴我。

---

country [ˋkʌntrɪ] *n.* [C] 國家；鄉下 ↔ **city**

· America and England are both big **countries**. 美國和英國都是大國家。

★ in the country 在鄉下

· I enjoyed life in the **country** during the summer vacation. 我很享受暑假期間那一段鄉間生活。

---

cousin [ˋkʌzn̩] *n.* [C] 表（堂）兄弟姊妹

· My **cousins** and my aunt came to visit us last weekend.
上週末我表兄弟和我阿姨一起來拜訪我們。

---

cover [ˋkʌvɚ] *v.t.* 遮蓋，覆蓋
n. [C]（書的）封面

- The girl felt shy and **covered** her face with her hands.　這女孩覺得害羞，所以用手遮住她的臉。

★ be covered with + N　被～所覆蓋

- The roof is **covered** with snow in winter.
在冬天，這屋頂被雪所覆蓋。

- The **cover** of this book is very interesting.
這本書的封面很有趣。

---

cow　[kaʊ]　*n.* [C] 母牛，乳牛

- There are many **cows** and sheep on the farm.
農場裡有許多乳牛和綿羊。

---

crazy　[ˋkrezɪ]　*adj.* 發瘋的；著迷的，狂熱的

- You must be **crazy** if you eat ice cream in the cold winter.　如果你在這麼冷的冬天還吃冰淇淋，那你一定是發瘋了。

★ be crazy about　著迷於～

- Many young people are **crazy** about online games.
許多年輕人著迷於線上遊戲。

★ be crazy for　為～瘋狂

- My sister loves Bruce Lee very much; she is **crazy** for him.　我姊姊超愛李小龍；她為他而瘋狂。

---

cross　[krɔs]　*v.t.* 越過，穿過

- You must be careful when you **cross** the street.
穿越馬路時，你一定要小心。

| cry | [kraɪ] | v.i. 哭 ↔ **laugh**；（大聲）叫喊 |

- Don't **cry.** I will try my best to help you.
  不要哭。我會盡力幫你的。

★ cry for + N　因～而哭泣
- Peter is **crying** for his poor grades.
  彼得為了他的成績不好而哭泣。

★ cry over + N　為～而悲慟
- The mother is **crying** over her dead son.
  那母親為了死去的兒子悲慟不已。

★ cry for + N　為～而大叫
- The girl **cried** for help when she saw the fire.
  那女孩在看到火災時大聲呼救。

| cup | [kʌp] | n. [C] 杯子；獎盃 |

- Sue filled my **cup** with tea.
  蘇在我杯子裡倒滿了茶。

★ a cup of + N　一杯～
- I am used to having a **cup** of coffee in the
  morning.　我早上習慣喝杯咖啡。
- Emily won the gold **cup** of swimming this year.
  艾蜜莉贏得今年游泳的金盃（第一名）。

| cut | [kʌt] | v.t. 切割；切斷（電源等） |
| | | （～, cut, cut） |

- Would you please **cut** the cake into twelve pieces?

請你把這個蛋糕切成十二塊好嗎？

★ have one's hair cut　某人剪頭髮

- Jean will have her hair **cut** this afternoon.
  珍今天下午要去剪頭髮。
- The police **cut** the power of the house to catch the
  bad man.　警方切斷那棟房子的電源，希望藉此抓
  住那個壞人。

C

| cute | [kjut] | *adj.* 可愛的 |

- The **cute** Teddy Bear is loved by children.
  這個可愛的泰迪熊很受小朋友的喜愛。

dance [dæns] *v.t. v.i.* 跳舞

n. [C] 舞蹈；舞會

★ dance with sb. 與～一起跳舞

- Do you want to **dance** with me?
  你想不想和我一起跳舞？
- Street **dance** is now very popular.
  街舞現在很受歡迎。
- Ivy went to a **dance** with her boyfriend and had a good time.
  艾維跟她男友參加一個舞會，玩得很愉快。

---

dangerous *adj.* 危險的 ↔ **safe**

[`dendʒərəs]

- It is very **dangerous** for a girl to go out late at night. 對一個女生來說，深夜出去是很危險的。

---

dark [dɑrk] *adj.* 黑暗的 ↔ **bright**；深色的

n. [C] (*sing.*) 黑暗；暗處

- It is **dark** after 6 p.m.; you shouldn't go out then.
  下午六點過後天色就暗了，那時候你就不該出門。
- Brian likes to wear **dark** clothes like black or brown. 布萊恩喜歡穿黑色或棕色等深色的衣服。

★ in the dark 在黑暗中

- I cannot see anything in the **dark**.
  在黑暗中我什麼東西都看不到。

date [det] *n.* [C] 日子，日期；約會

· What is the **date** today? October 10th.
今天幾月幾日？十月十日。

· I have a **date** with Louis tonight.
我今天晚上要跟路易士約會。

daughter *n.* [C] 女兒

[ˋdɔtɚ]

· Mr. and Mrs. Smith have three pretty **daughters**.
史密斯夫婦有三個漂亮的女兒。

day [de] *n.* [C] 一天；白天 ↔ **night**

· What **day** is today? (It's) Wednesday.
今天星期幾？星期三。

· The workers work during the **day** and rest at
night.　這些工人白天工作，晚上休息。

★ day and night　夜以繼日

· Ellen studied **day** and night to catch up with his
classmates.
艾倫夜以繼日地唸書以趕上他的同學。

dead [dɛd] *adj.* 死的，無生命的

· Because Ray forgot to water the flowers, they
were all **dead**.
因為雷忘了澆花，那些花都枯死了。

· The little girl was afraid when she saw the **dead**

mouse.

小女孩看到那隻死老鼠時，感到非常害怕。

★ the dead　死去的人，死者

· The story is about the **dead** who come back to the world.

這故事是有關死去的人回到這個世界的事。

注意

the + Adj 可代表同一類的人或事物全體（此時為複數名詞），如 the blind 泛指所有的「盲人」，the poor 代表「窮人」等。

dear	[dɪr]	*adj.* 親愛的，可愛的；珍貴的

· Our **dear** daughter is ten now, and we love her very much.

我們可愛的女兒現在十歲，我們非常愛她。

★ be dear to sb.　對～而言是珍貴的

· The ring my parents gave me is very **dear** to me.

我父母給我的戒指對我而言非常珍貴。

December	*n.* [U][C] 十二月
[dɪˋsɛmbɚ]	

· Christmas falls on **December** 25th.

聖誕節是在十二月二十五日。

decide	[dɪˋsaɪd]	*v.t. v.i.* 決定

★ decide + to V　決定～

· I **decide** to study at home tonight.

我決定今天晚上在家裡唸書。

- I haven't **decided** what to do tonight yet.
  我尚未決定今天晚上要做什麼。

delicious [dɪ`lɪʃəs]	*adj.* 美味的，好吃的

- Ice cream is very **delicious**, but you will get fat if you eat too much of it.
  冰淇淋很好吃，可是如果你吃太多，你就會變胖。

department store [dɪ`partmənt ˌstor]	*n.* [C] 百貨公司

- There is a big sale on shoes in the **department store**.　這間百貨公司有個鞋子的大拍賣。

補充

department　*n.* [C] 部門；系

- The Women's **Department** is holding an end-of-season sale.　女裝部正舉行換季大拍賣。
- Matt studied in the English **department** of NCCU.
  馬特就讀於政大英語系。

desk　[dɛsk]	*n.* [C] 書桌；櫃檯，服務台

- The **desks** in our school are made of wood.
  我們學校的書桌是木製的。

★ at the desk　在書桌前
· Stephanie was writing a letter at the **desk**.
  史蒂芬妮正在書桌前寫信。

比較

一般擺在餐廳、飯廳、客廳的桌子我們會叫做 table，而擺在教室、辦公室、書房以及圖書館的桌子我們就叫做 desk。主要是以功能做為兩者的區別。

★ the information desk　諮詢櫃檯
· If you can't find the restroom, ask at the
  information **desk**.
  如果你找不到洗手間，就到諮詢櫃檯去詢問。

dictionary　　　　　*n.* [C] 字典，辭典
[ˈdɪkʃənˌɛrɪ]

· It is useful to have a **dictionary** when studying
  English.　學習英語時，有一本字典是很有用的。
· Charles looks up the words he doesn't know in a
  dictionary.　查爾斯用字典查他不認識的單字。

注意

查閱字典的用法並不是 look up the dictionary，而是 look...up
in a dictionary，切記不要弄錯囉！

die　　　　[daɪ]　　*v.i.* 死，去世 ↔ **live**
· When Diane's father **died**, she was very sad.
  當黛安的父親去世的時候，她非常難過。

D

- The dog is **dying** because it is very sick.
  那隻狗快要死了，因為牠病的很重。

注意

die 為現在進行式時，其中文意義並不是「某人（物）正在死亡」，
而是「某人（物）正瀕臨死亡」。

D

different   *adj.* 不同的 ↔ **the same**
[ˋdɪfərənt]

- The foreigner speaks **different** language from us.
  那個外國人說的是和我們不同的語言。

★ be different in + N   在～方面不同

- The two brothers are **different** in many ways.
  這兩兄弟在很多方面都不一樣。

★ be different from + N/V-ing   與～不同

- My answer is **different** from yours; I think mine is
  correct.
  我的答案與你的不同，我覺得我的是對的。

difficult   *adj.* 困難的 = **hard** ↔ **easy**
[ˋdɪfəˌkʌlt]

- It is **difficult** for a child to move the heavy box.
  對一個孩子來說，要移動那個沈重的箱子很困難。

- I can't answer that **difficult** question.
  我無法回答那個困難的問題。

dig   [dɪg]   *v.t. v.i.* 挖掘 (～, dug, dug)

65

- Peter **dug** a hole in the garden and hid some things in it.

  彼得在花園裡挖了一個洞，把某些東西藏在裡面。

★ dig out　挖掘出～

- The dog is **digging** out a small bell in the earth.

  那隻狗兒正在把土裡的小鈴鐺挖出來。

dining room　*n.* [C] 飯廳

[ˋdaɪnɪŋ͵rum]

- My family usually eat dinner at the **dining room**.

  我家人通常在飯廳用晚餐。

dinner　[ˋdɪnɚ]　*n.* [C][U] 晚餐

- Do you want to have **dinner** at a French restaurant tonight?　你今天晚上想不想在法國餐廳吃晚餐？

dirty　[ˋdɝtɪ]　*adj.* 骯髒的 ↔ **clean**

- The river is so **dirty** that there is almost no fish living in it.

  這條河太髒了，以致於河裡幾乎沒有魚還活著。

dish　[dɪʃ]　*n.* [C] 盤子；菜餚

★ wash/do the dishes　洗碗盤

- You two brothers should wash/do the **dishes** by turns.　你們兄弟兩人應該輪流洗碗盤。

- Sweet and sour chicken is my favorite **dish**.

  糖醋雞是我最喜愛的菜餚。

| do | [du] | *aux.* 助動詞（可構成疑問、否定、強調、倒裝句，或代替出現過的動詞） *v.t.* 做～，進行～（～, did, done） |

- "**Do** you like playing basketball?" "Yes, I **do.**"
  「你喜歡打籃球嗎？」「是的，我喜歡打籃球。」
  （第一個 do 構成疑問句）
  （第二個 do 代替前面的 like playing basketball）

- I **do** not/**don**'t know the boy standing over there.
  我不認識站在那裡的男孩。（do + not 構成否定句）

- I **do** know how to use the computer.
  我真的知道怎麼用電腦。
  （do 之後加原形動詞表強調，可翻成「真的」）

- "I like that doll." "So **do** I."
  「我喜歡那個洋娃娃。」「我也是。」
  （do 構成倒裝句，等於動詞片語 like that doll）

注意

do 當「助動詞」使用時，如果主詞是「第三人稱單數」，則應變化為 does，而如果時態是「過去式」，則應該用 did。

- I have finished **doing** my homework.
  我已經做完我的家庭作業了。

| doctor (Dr.) [ˋdɑktɚ] | *n.* [C] 醫生；博士 |

D

- My dream is to become a **doctor** and save people's lives.

  我的夢想是當個醫生，拯救人類的性命。

★ go to/see a doctor　看醫生

- You had better go to/see a **doctor** if you don't feel well.　如果你覺得不舒服，你最好去看醫生。

- Bill is a **Doctor** of Laws.　比爾是個法學博士。

- **Dr.** Lin told Mary to take the medicine on time.

  林醫生／博士叫瑪莉要準時服藥。

注意

稱呼某某醫生或博士可用 Dr. 表示，用法與 Mr. 和 Ms. 相同，後面必定要和姓或名連用，不可單獨出現。例如 Dr. Wang is... 是正確的；而 The Dr. is... 則是錯誤用法。

| dog | [dɔg] | *n.* [C] 狗 |

- **Dogs** have been the best friends of people since old times.　自古以來，狗就是人們最好的朋友。

| doll | [dɑl] | *n.* [C] 洋娃娃，玩偶 |

- Little girls always love to play with **dolls** like Barbie.　小女孩總喜歡喜歡玩像是芭比之類的洋娃娃。

| dollar | [ˈdɑlɚ] | *n.* [C] 元 |

- Cathy bought an expensive dress for 2,000 **dollars** yesterday.

  凱西昨天買了一件兩千元的昂貴洋裝。

door	[dɔr]	*n.* [C] 門

- Hello! Is anybody home? Please open the **door**.
  哈囉!有人在家嗎?請開門。

down	[daʊn]	*adv.* 向下,在下面 ↔ **up**
		adj. (情緒)低落的

- Walk **down** the road, and you will see the park.
  沿這條路往下走,你就會看到公園了。
- Nancy felt sick, so she sat **down** for a rest.
  蘭西覺得噁心,所以她坐下休息。
- Kenny has been feeling **down** since he broke up
  with Barbie.
  肯尼自從和芭比分手之後,就一直覺得情緒低落。

dozen	[ˋdʌzn]	*n.* [C] 一打

- These pencils are sixty dollars a **dozen.**
  這些鉛筆一打值六十元。

★ a dozen of + N 一打~

- Please buy a **dozen** of eggs for me on your way
  home. 在你回家途中,請幫我買一打雞蛋回來。

★ dozens of + N 幾十個~

- **Dozens** of foreigners drink beers at the pub every
  night.
  每天晚上,幾十個老外在這家酒吧裡喝啤酒。

draw	[drɔ]	*v.t. v.i.* 畫畫;拖,拉

	(~, drew, drawn)

- The kid is **drawing** a picture with his color pens.
  那小孩正在用他的彩色筆畫圖。

- The drunken man was **drawn** to his home by the
  policeman.　這個酒醉的男子被警察拖回家。

dream	[drim]	n. [C] 夢；夢想
		v.i. 做夢，夢見；夢想，嚮往

- Last night I had a **dream** about Mickey Mouse.
  昨天晚上我做了一個有關米老鼠的夢。

- Jessie's greatest **dream** is to travel around the
  world.　潔西最大的夢想就是去環遊世界。

★ dream of/about　夢見~

- I **dreamed** of/about my family again. I miss them
  so much.
  我又夢到了我的家人；我非常的想念他們。

- I **dream** to become a bird, flying high in the sky.
  我嚮往成為一隻小鳥，在高空中飛翔。

dress	[drɛs]	n. [C] 洋裝，連身裙
		v.t. 為~穿衣打扮

- Do you like to wear **dresses** or pants to work?
  你喜歡穿洋裝還是長褲去上班？

- Daisy's mother is **dressing** her for the party
  tonight.

黛西的媽媽為了今晚的宴會，正在為黛西打扮。

drink	[drɪŋk]	*v.t.* 喝 (~, drank, drunk)
		v.i. 喝酒（或其他飲料）
		n. [C] 飲料（酒及無酒精飲料）

· I am thirsty to death. Please give me a cold Coke to **drink**.　我渴死了。請給我一杯冰可樂喝。

· Don't **drink** too much. You have to drive home later.

別喝太多（酒），你待會兒還得開車回家呢！

注意

drink 當不及物動詞時，雖然可以泛指喝任何飲料，但在大部分情況下還是指「喝酒」。

· Let's go for a **drink**.　咱們去喝一杯（酒）吧！

★ soft drink(s)　不含酒精的飲料

· I am still under 18 years old, so I can only have soft **drinks**.

我還未滿十八歲，所以只能喝無酒精飲料。

| **drive** | [draɪv] | *v.t. v.i.* 開（車）(~, drove, driven) |

· Don't **drive** a car when you are tired.
當你疲勞的時候，不要開車。

★ drunken driving　酒醉駕車

· Drunken **driving** is very dangerous.
酒醉駕車是非常危險的。

driver [ˈdraɪvɚ]	*n.* [C] 駕駛，司機

- Leo is a careful **driver** for he always drives slowly and safely. 里歐是個很謹慎的司機，因為他總是慢慢地安全地開車。

drop [drɑp]	*v.t.* 丟下，扔下　*v.i.* 滴下，落下
	n. [C]（一）滴

- Tina **dropped** the letter into the garbage can. 蒂娜把這封信扔到垃圾桶裡。
- James was so sad that tears **dropped** from his eyes. 詹姆士很難過，淚水從眼中一滴滴落下。
- I like to feel little **drops** of rain falling on my face. 我喜歡小雨滴滴落在我臉上的感覺。

dry [draɪ]	*adj.* 乾的 ↔ **wet**
	v.t. 把～弄乾

- The paint is not **dry** yet, so don't sit on that chair. 油漆還沒乾，所以別坐在那張椅子上。
- Remember to **dry** your hair after you take a bath. 洗完澡以後，記得把你的頭髮弄乾。

during [ˈdjʊrɪŋ]	*prep.* 在～之間

- Daisy kept silent **during** the meal. 黛絲吃飯時一言不發。

| each | [itʃ] | *adj.* 各自的，每一 = **every** |
| | | *pron.* 每一個 |

- **Each** student should turn in his/her homework before noon.
  每一個學生中午以前都必須交上作業。
- **Each** of you will get an apple after dinner.
  你們每一個在晚餐之後都會拿到一顆蘋果。

E

| ear | [ɪr] | *n.* [C] 耳朵 |

★ believe one's ears　相信聽到的話
- You said the tickets are free? I can't believe my **ears**.　你說這些票是免費的？我簡直不敢相信。
★ turn a deaf ear to　對～充耳不聞
- The proud girl turned a deaf **ear** to others.
  那個傲慢的女孩不願聽別人的話。

| early | [ˋɝlɪ] | *adv.* 早地 |
| | | *adj.* 早的 ↔ **late** |

- I'll go jogging **early** tomorrow morning.
  我明天一大早要去慢跑。
- Get up **early**, or you will be late again.
  早點起床，否則你又要遲到了。
- The **early** birds catch the worms.
  [諺] 早起的鳥兒有蟲吃。

| earth | [ɝθ] | *n.* 地球 (the Earth) |

| | *n.* [U] 陸地；地上 = **ground** |

- Thousands of years ago, people thought the **Earth** was flat. 數千年前，人們以為地球是平的。

★ on earth 在世界上；到底（放在疑問詞之後）

- There are many poor people on **earth**.
  世界上有很多窮人。

- I can't understand what on **earth** you want.
  我不能了解你到底想要什麼。

- The glass fell from the table to **earth**, breaking into pieces. 玻璃杯從桌上掉到地上，摔成碎片。

---

east   [ist]   *n.* 東邊   *adj.* 東邊的

- The sun rises in the **east** and sets in the west.
  太陽從東邊升起，從西邊落下。

- The **east** side of the house is painted yellow.
  這棟房子的東面被漆成黃色

---

easy   [ˋizɪ]   *adj.* 簡單的，容易的 ↔ **difficult**

- It is **easy** for Michael Jordan to play basketball.
  對麥可‧喬丹而言，打籃球是容易的。

★ as easy as pie 非常簡單

- The question is as **easy** as pie. I can answer it soon. 這問題非常簡單，我很快就能回答出來。

★ take it easy 別緊張，放輕鬆

- Take it **easy**. You will pass the test.

別緊張，你會通過考試的。

eat	[it]	v.t. 吃～ v.i. 吃飯
		(～, ate, eaten)

- Max was so hungry that he **ate** a cake in one minute.　馬克斯餓到在一分鐘內吃完一個蛋糕。
- I want to **eat** in the restaurant; I hear it is great.　我想去那家餐廳吃飯，聽說那裡很棒。

egg	[ɛg]	n. [C] 蛋

- Mary usually has an **egg** and a glass of milk for breakfast.
  瑪莉早餐通常都吃一個蛋、喝一杯牛奶。

eight	[et]	adj. 八的，八個的 n. 八

- There are **eight** boys in the classroom.
  教室裡有八個男生。
- Is that number a three or an **eight**?
  那個數字是三還是八啊？

eighteen	[e`tin]	adj. 十八的，十八個的 n. 十八

- You can learn to ride a motorcycle when you are **eighteen**.　你十八歲時，可以學騎機車。
- Two times nine is/are **eighteen**.
  二乘以九等於十八。

eighth	[etθ]	adj. 第八的
		n. [C] 第八 (the ～)

E

75

- My office is on the **eighth** floor.
  我的辦公室是在八樓。
- In Taiwan , Father's day is on the **eighth** of
  August.　在台灣，父親節是在八月八日。

eighty	[ˋetɪ]	*adj.* 八十的，八十個的　*n.* 八十

- My grandmother is **eighty** years old.
  我祖母八十歲了。
- **Eighty** and eight is/are **eighty**-eight.
  八十加八等於八十八。

either	[ˋiðɚ]	*adv.* 也（不）

- Bill can't ride a bike, and Frank can't, **either**.
  比爾不會騎腳踏車，法蘭克也不會。

注意

either 當「也」時，只用於「否定句」。

★ either A or B　不是 A 就是 B

- Bill will come here **either** tonight or tomorrow.
  比爾不是今晚就是明天會來這裡。

elementary school [ˏɛləˋmɛntərɪ ˏskul]	*n.* [U] 小學（指教育階段） *n.* [C] 小學（指硬體設施、建築）

- Kids study in **elementary school** when they are
  six to twelve.　小孩在六到十二歲時在小學學習。

- There are about 150 **elementary schools** in Taipei City.　台北市總共有約一百五十所小學。

elephant　　　　*n.* [C] 大象

[ˋɛləfənt]

- **Elephants** are the biggest animals on earth.

  大象是陸地上最大的動物。

eleven [ɪˋlɛvən]　*adj.* 十一的，十一個的　*n.* 十一

- There are **eleven** players on our basketball team.

  我們籃球隊上有十一位隊員。

- I'll meet you at **eleven**.　我十一點跟你碰面。

else　　　　[ɛls]　*adv.* 其他，另外

- Besides a hamburger and a coke, what **else** do you want?

  除了漢堡和可樂之外，你還想要什麼其他的？

- I don't think there is anything **else** we can do now.

  我不認為我們現在還有什麼其他的事可做。

注意

else 用於「疑問詞」或「不定代名詞」之後。

e-mail [ˋi mel]　*n.* [C][U] 電子郵件

　　　　　　　　v.t. 寄送電子郵件給～

- You've got an **e-mail**.　你有一封電子郵件。

- Now, it is very convenient to use **e-mail**.

  現在，使用電子郵件是非常方便的。

E

★ e-mail address　電子郵件地址

· Give me your **e-mail** address and I will send you e-mails.

把你的電子郵件地址給我，我會寄電子郵件給你。

· Remember to **e-mail** me when you get on the Internet.

你學會上網的時候，記得寄封電子郵件給我。

| end | [ɛnd] | *n.* [C] 結束；盡頭 |
| | | *v.t. v.i.* 結束 ↔ **begin** |

★ at the end of...　在～結束時

· At the **end** of the story, the family lived happily ever after.

故事結尾，這家人從此過著幸福快樂的日子。

★ in the end　最後，終於

· In children's stories, good people always win in the **end**.　在童話故事裡，好人最後總是會獲勝。

· When will the boring movie **end**?

這部無聊的電影什麼時候會結束？

· The speaker **ended** his speech with an interesting story.　演說者最後以有趣的故事結束他的演講。

| English | *n.* [U] 英語；英文 |
| [ˈɪŋglɪʃ] | *adj.* 英國的；英國人的；英語的 |

· America and England are both **English**-speaking

countries.　美國和英國都是說英語的國家。

- Polly speaks Chinese but can't speak **English**.
  波莉會說中文，但不會說英文。

★ the English　英國人（總稱）

- Peter does not like Americans but he does love the
  English.　彼得不喜歡美國人，卻很喜歡英國人。

- Do you have any **English**-Chinese dictionary?
  你有任何英漢字典嗎？

---

enjoy [ɪn`dʒɔɪ]　*v.t.* 享受；喜愛

★ enjoy + N/V-ing　享受～，喜歡～

- My brother lay down on the grass to **enjoy** the
  winter sun.
  我弟弟躺在草地上，享受冬天的太陽。

- I **enjoy** taking a walk along the beach in the early
  morning.　我喜歡在清晨沿著海灘散步。

---

enough [ə`nʌf]　*adv.* 足夠地；充份地
　　　　　　　　　　adj. 足夠的；充足的

★ (not) Adj/Adv + enough + to V
　（不）夠～而（不）能～

- My little sister is not tall **enough** to get the candy
  can on the shelf.
  我的小妹妹還不夠高而拿不到架子上的糖果罐。

- Sheri sings well **enough** to be a singer.

雪莉歌唱得好到可以當歌手了。

- I am afraid that we don't have **enough** food for everyone. 我恐怕我們沒有足夠食物給所有人。

E

| enter | [`ɛntɚ] | v.t. v.i. 進入（房間、網頁等） |
| | | v.t. 參加，加入（組織等）= **join** |

- Do we have to take off our shoes before we **enter** the room? 在我們進房間之前，必須脫掉鞋子嗎？
- My brother **entered** the tennis club in senior high school. 我弟弟高中時加入網球社。

| eraser | [ɪ`resɚ] | n. [C] 橡皮擦 |

- All you need for the test are a pencil and an **eraser**.

參加那場測驗，你需要一枝鉛筆和一個橡皮擦。

| eve | [iv] | n. [U] 前夕（用來指特定節日前夕必須大寫） |

- My friends and I gave gifts to each other on Christmas **Eve**.

我朋友和我在聖誕夜互相交換禮物。

| even | [`ivən] | adv. 甚至～，還～ |

- This dress is **even** more expensive than that one. 這件洋裝甚至比那一件還要貴。

★ even though　即使

- **Even** though I am full, I can still eat one more

cake.

即使我已經飽了，我還是可以再多吃一塊蛋糕。

evening	n. [C][U] 傍晚
[ˋivnɪŋ]	

- My family usually eat dinner at about 7 p.m. every **evening**.

  我家人通常在每天傍晚七點左右吃晚餐。

★ in the evening　在傍晚

- The MRT stations are always full of people from five to seven p.m. in the **evening**.

  捷運站在傍晚五點到七點的時段總是擠滿了人。

★ Good evening.　晚安

- Good **evening**. How have you been today?

  晚安！今天過的如何呢？

注意

Good evening. 是晚上見面時所用的招呼語，晚上道別時則用 Good night.，兩者的分別請不要搞混。

---

ever	[ˋɛvɚ]	adv. 曾經；至今 ↔ **never**

- Have you **ever** seen the popular movie *Harry Potter*?

  你曾經看過「哈利波特」這部受歡迎的電影嗎？

- No one in my family has **ever** been to America.

  我家沒有人去過美國。

- Lisa is the most beautiful girl I have **ever** seen.
  麗莎是我至今為止見過最美麗的女孩。

注意

ever 常用於疑問句和否定句；或者用來強調。

| **every** | [ˈɛvrɪ] | *adj.* 每一，每個 = **each** |

- **Every** student has to get to school on time every day. 每個學生每天都必須準時到校。

| **everyone** | | *pron.* 每個人 |
| [ˈɛvrɪˌwʌn] | | = **everybody** [ˈɛvrɪˌbɑdɪ] |

- **Everyone** in the room is talking and laughing.
  在房裡的每個人都在談天說笑。

| **everything** | | *pron.* 每件事，每個東西 |
| [ˈɛvrɪˌθɪŋ] | | |

- You can take a rest when **everything** is done.
  當每件事都做好時，你就可以休息了。

| **example** | | *n.* [C] 例子；榜樣（介系詞用 to） |
| [ɪgˈzæmpl̩] | | |

- I don't understand your idea. Could you give me an **example**?
  我不明白你的想法，可以給我例子嗎？

★ for example 舉例來說

- Amy is a kind girl. For **example**, she always helps others.

艾咪是個善良的女孩。舉例來說，她總是幫助他人。

- Eddie is both smart and kind. He is a good **example** <u>to</u> us.

  艾迪既聰明又仁慈，他是我們的好榜樣。

excellent	*adj.* 出色的，傑出的
[`ɛkslənt]	

- The steak is **excellent**. It is the best one I have ever tasted.

  這牛排很出色。它是我所嚐過最好的牛排。

except [ɪk`sɛpt]	*prep.* 除～之外

- Everybody **except** me passed the exam.

  除了我之外，每個人都通過了考試。

excited	*adj.* 感到興奮的（介系詞用
[ɪk`saɪtɪd]	about）

- Ken is very **excited** <u>about</u> the trip to America.

  肯對於美國之旅感到非常興奮。

exciting	*adj.* 令人興奮的；刺激的
[ɪk`saɪtɪŋ]	

- It is so **exciting** that the movie star is coming to Taiwan.

  那個電影明星即將來到台灣，真是太令人興奮了。

- Let's go to see the **exciting** movie.

  我們去看那部刺激的電影吧！

* * *

excuse	v.t. 原諒　　n. [C] 藉口
[ɪk`skjuz]	

★ excuse me　不好意思；借過

· **Excuse** me. Do you know where the bank is?
　不好意思。你知不知道銀行在哪裡？

· You should try to do your job well but not make
　any **excuse**.
　你應該試著把工作做好，而不是找任何的藉口。

exercise	v.i. 做運動；做練習
[`ɛksɚ͵saɪz]	n. [U] 運動
	n. [C] 練習，習題

· You should **exercise** more to have a healthy body.
　你應該多做點運動，才能有健康的身體。

· The doctor said that Ron needed more **exercise**.
　醫生說，朗需要做更多的運動。

★ take exercise　做運動

· Do you have the habit of taking some **exercise**
　every morning?
　你有沒有每天早上做些運動的習慣呢？

· Today's homework is to finish the **exercise** in
　Lesson Five.
　今天的家庭作業是做完第五課的練習題。

expensive	adj. 貴的 ↔ **cheap**

[ɪk`spɛnsɪv]

- The cell phone is nice but too **expensive**.

  這手機很好，不過太貴了。

---

experience   *n.* [C][U] 經驗

[ɪk`spɪrɪəns]   *v.t.* 經歷

- Do you have the **experience** of being bitten by a
  dog? 你有被狗咬的經驗嗎？
- Tom has **experienced** the most difficult time on a
  small island.

  湯姆在小島上已經歷過他最困苦的時候了。

---

eye   [aɪ]   *n.* [C] 眼睛

- Sue comes from the west and has blue **eyes**.

  蘇來自西方，有藍色的眼睛。

注意

眼睛出現時通常是複數，因為一般人都有兩個眼睛。

| **face** | [fes] | *n.* [C] 臉　*v.t.* 面對 |

- Nancy is a girl with a beautiful **face** and a cold heart.　南西是個有漂亮臉孔和冷酷心腸的女生。
- Ben couldn't say a word when he **faced** the girl he liked.

  當班面對他喜歡的女孩時，他一個字都說不出來。

★ face the music　面對困難 / 懲罰

- Since the wrong has been done, you should **face** the music.　既然錯誤已造成，你就該接受懲罰。

| **fact** | [fækt] | *n.* [C][U] 事實 ↔ **lie** |

- You can't change the **fact** no matter what you do.

  無論你做什麼，都改變不了事實。

★ the fact + that 子句　～的事實

- The **fact** that we had lost made everyone sad.

  我們失敗的事實讓每個人都感到難過。

★ in fact　實際上，事實上

- Bert is not a boss at all; in **fact**, he is a worker.

  伯特根本就不是老闆；事實上，他是個工人。

| **factory** | | *n.* [C] 工廠 |
| [ˋfæktrɪ] | | |

- Debby's dad is the boss of this **factory**.

  黛比的爸爸是這家工廠的老闆。

| **fall** | [fɔl] | *v.i.* 落下 (～, fell, fallen) |

F

	n. 秋天

- An apple **fell** from the tree and hit the young man.
  一顆蘋果從樹上掉下來，打到這個年輕人。
- The weather is cool in **fall**. 秋天的天氣很涼爽。

family	n. [C] 家庭
[ˈfæməlɪ]	n. 家人（集合名詞）

- The tsunami made many **families** broken.
  那場海嘯使許多家庭破碎。
- I love my **family**. They are the dearest in the
  world to me.
  我愛我家人。對我而言他們是世上最珍貴的。

famous	adj. 有名的
[ˈfeməs]	

- Michael is a **famous** man; everyone knows him.
  麥克是個有名的人，每個人都認識他。
- ★ be famous for + N/V-ing 以～著名
- The singer is **famous** for her sweet smile.
  那位歌手以她甜美的笑容聞名。

fan	[fæn]	n. [C] 扇子，風扇；～迷

- ★ electric fans 電風扇
- In the hot summer, we can not do without the
  electric **fans**.
  在炎熱的夏天，我們不能沒有電風扇。

- Gary is a **fan** of that movie star.
  蓋瑞是那個電影明星的影迷。

farm [farm] *n.* [C] 農場；牧場

- Old MacDonald had a **farm**.
  老麥當勞先生有個農場。

★ on the farm 在農場

- There are many cows and sheep on the **farm**.
  這個牧場裡有許多乳牛和綿羊。

farmer *n.* [C] 農夫
[ˋfɑrmɚ]

- The **farmer** is working on the farm under the sun.
  這個農夫在大太陽下的農場裡工作。

fast [fæst] *adv.* 快速地 *adj.* 快的 ↔ **slow**

- Run **fast**, or you won't catch the bus!
  跑快一點，不然你就趕不上公車了。

- I'll teach you a **fast** and easy way to be thin.
  我教你一個快速又簡單的方法變瘦。

★ fast food 速食

- I like **fast** food like hamburgers and fries.
  我喜歡像漢堡和薯條之類的速食。

fat [fæt] *adj.* 胖的 ↔ **thin**

- Irene was a **fat** girl before, but now she is thin.
  艾琳以前是個胖女孩，但她現在很苗條。

F

| **father** [ˈfɑðɚ] | *n.* [C] 爸爸 = **dad** [dæd] |
| | = **daddy** [ˈdædɪ] |

· My **father** takes good care of my family all the
  time.　我爸爸總是好好地照顧我的家人。

| **favorite** | *adj.* 最喜愛的 |
| [ˈfevərɪt] | *n.* [C] 最喜愛的人、事、物 |

· Jackie Chan is her **favorite** movie star.
  成龍是她最喜愛的電影明星。

· Chocolate is Sara's **favorite**.
  巧克力是莎拉的最愛。

| **February** | *n.* [U][C] 二月 |
| [ˈfɛbrʊ͵ɛrɪ] | |

· **February** is the shortest month.
  二月是最短的月份。

| **feel** [fil] | *v.t.* 感覺，覺得 (~, felt, felt) |

· When Betty knew that her grandfather died, she
  felt very sad.
  當貝蒂知道她的祖父去世時，她覺得很難過。

★ feel like + <u>N/V-ing</u>　想要~

· I don't **feel** like going out today. I want to stay at
  home.　我今天不想出去。我想待在家裡。

| **festival** | *n.* [C] 節日；慶祝活動，慶祝會 |
| [ˈfɛstəvl̩] | |

F

- The Chinese eat moon cakes on the Moon **Festival**.　中國人在中秋節吃月餅。
- We had lots of **festivals** during the Chinese New Year.　農曆過年期間我們舉辦許多慶祝活動。

比較

節日	中譯	日期（農曆）
Chinese New Year	農曆新年	一月一日
Lantern Festival	元宵節	一月十五日
Dragon Boat Festival	端午節	五月五日
Chinese Valentine's Day	七夕	七月七日
Ghost Festival	中元節	七月十五日
Moon Festival	中秋節	八月十五日

few　　[fju]　　*adj.* 很少的（後面接可數名詞）
　　　　　　　　　　pron. 少數（只代替可數名詞）

- **Few** people want to see that boring movie again.
　幾乎沒有人想再看一次那部無聊的電影。
- **Few** of the students could answer this question, but John could.
　很少學生能夠回答這個問題，但約翰可以。

fifteen　[fɪfˋtin]　*adj.* 十五的，十五個的　*n.* 十五

- There are ten boys and **fifteen** girls in our class.
　我們班上有十個男生和十五個女生。
- Three fives make **fifteen**.　三乘以五等於十五。

| fifth | [fɪfθ] | *adj.* 第五的　*n.* [C] 第五 (the ~) |

- Tim is now in the **fifth** grade now.
  提姆現在唸五年級了。
- Molly finished **fifth** in the race.
  茉莉這次賽跑得了第五名。

| fifty | [ˈfɪftɪ] | *adj.* 五十的，五十個的　*n.* 五十 |

- The train was **fifty** minutes late.
  火車誤點五十分鐘。
- Mr. Huang is in his **fifties**.
  黃先生是一個五十來歲的人。

| fill | [fɪl] | *v.t.* 填滿，使充滿 |

★ fill A with B　用 B 填滿 A
- The waiter **filled** my glass with orange juice.
  侍者用柳橙汁裝滿了我的杯子。
★ be filled with + N　充滿~，擠滿~
- The department store is **filled** with people on
  weekends.　百貨公司週末時擠滿了人潮。

| finally | [ˈfaɪnəlɪ] | *adv.* 最後，終於 ↔ **first** |

- After working hard for days, Eva **finally** finished
  the paper.
  在辛苦工作數天後，伊娃終於完成這份報告。

| find | [faɪnd] | *v.t.* 找到；發現；發覺
(~, found, found) |

F

- The man will give five thousand dollars to anyone who **finds** his missing dog.

  這個人會把五千元給任何找到他失蹤的狗的人。
- I **found** that the train had left when I arrived at the station.　當我到達車站時，我發現火車已經開了。
- I **found** the book interesting.

  我發覺這本書挺有趣的。

fine	[faɪn]	*adj.* 健康的；（天氣）晴朗的
		n. [C] 罰金，罰款
		v.t. 處以～罰金

- "How are you?" "I'm **fine**, thank you."

  「你好嗎？」「我很好，謝謝。」
- The weather is **fine** today and we can go out for a picnic.　今天天氣晴朗，我們可以出外野餐。
- You have to pay a **fine** of five hundred dollars for losing the book of the library.　因為你遺失了圖書館的藏書，所以必須繳五百元的罰金。
- Peter was **fined** lots of money for he broke the traffic rules.

  彼得因為違反交通規則，所以被罰了許多錢。

| finger | [ˈfɪŋgɚ] | *n.* [C] 手指 |

- Alice wears a ring on her little **finger**.

  愛麗斯在小指上戴了一枚戒指。

92

比較	
中文	英文
大拇指	thumb [θʌm]
食指	index finger
中指	middle finger
無名指	ring finger
小指	little finger
腳趾頭	toe [to]

finish [ˋfɪnɪʃ]　*v.t.* 完成

★ finish + <u>N/V-ing</u>　完成～

· Have you **finished** your homework?
　你做完你的回家功課了嗎？

· When I **finished** (eating) my lunch, I slept for
　minutes.　在吃完午餐之後，我睡了幾分鐘。

fire [faɪr]　*n.* [U] 火　*n.* [C][U] 火災
　　　　　　　　v.t. 開除，解雇

· You must be very careful when you use **fire**.
　用火時你一定要非常小心。

· Five people died in the **fire**.
　五個人死於這場火災。

★ fire fighter　消防隊員

· The **fire** fighters put out the fire soon.
　消防隊員們很快就撲滅了火災。

- Larry was **fired** by his boss because he was too lazy.　賴瑞因為太懶惰而被老闆開除。

first　[fɝst]　*adj.* 首先的，第一的 ↔ **last**
　　　　　　　　 adv. 首先，第一 ↔ **finally**

- Who was the **first** student to get to school this morning?　誰是今天早上第一個到校的學生？
- Before you play, you must finish your homework **first**.　在你去玩之前，你必須先做完你的作業。

fish　[fɪʃ]　*n.* [C][U] 魚　*n.* [U] 魚肉
　　　　　　　 v.i. 釣魚

- There are many kinds of **fishes** living under the sea.　海裡住著許多種類的魚。
- Many **fish** swim in the clear water.
　許多魚在清澈的水裡游著。

注意

fish 的複數型態仍然是 fish，所以「很多條魚」的英文是 many fish；唯有在指不同「種類」的魚時，才會說 fishes。

- I like **fish** but I don't like beef.
　我喜歡吃魚肉，但我不喜歡吃牛肉。
- If you feel bored, you can go **fishing** at the lake with us.
　如果你覺得無聊的話，你可以和我們去湖邊釣魚。

fisherman　*n.* [C] 漁夫 (**fishermen**)

[ˈfɪʃəmən]

- The **fishermen** caught a lot of fish.

  這些漁民們捕了很多魚。

---

five   [faɪv]   *adj.* 五的，五個的   *n.* 五

- **Five** people were hurt in the fire.

  火災中有五個人受了傷。

- Mrs. Chang is a mother of **five**.

  張太太是五個孩子的媽。

---

fix   [fɪks]   *v.t.* 修理

- The computer can't work; you have to call

  someone to **fix** it.

  電腦無法運作，你必須打電話找個人來修理。

★ have sth. fixed   把～修好

- I need to have the car **fixed** or I can't go out.

  我必須把車修好，不然我無法出門。

---

floor   [flor]   *n.* [C] 地板；（樓房的）層，樓

- Don't sleep on the **floor**, or you will catch a cold.

  不要在地板上睡覺，不然你會感冒。

- Mr. White lives on the second **floor** of the

  apartment.   懷特先生住在這棟公寓的二樓。

---

flower   [ˈflauɚ]   *n.* [C] 花，花朵

- Some **flowers** in the garden are red, and others are

  white.   花園裡的花有些是紅的，其它則是白的。

F

| **fly** | [flaɪ] | *v.i.* 飛；搭飛機 (～, flew, flown) |
| | | *n.* [C] 蒼蠅 (**flies**) |

- When I was a child, I often dreamed about **flying** in the sky.

  當我還是小孩子時，我常夢想在天空中飛翔。

- I am so excited because I am going to **fly** to Tokyo tomorrow.

  我好興奮，因為我明天就要搭飛機到東京去。

- I cover the food to keep it away from the **flies**.

  我把食物蓋起來以隔離蒼蠅。

| **follow** | [ˋfalo] | *v.t. v.i.* 跟隨 |
| | | *v.t.* 聽從；追趕，追求 |

- Wherever the mother went, her children **followed** her.　不論媽媽走到哪裡，她的孩子都跟著她。

- If you don't **follow** my words, you will lose the game.　如果你不聽從我的話，你就會輸掉比賽。

- Jay has been **following** Grace after he met her in the party.　自從傑在宴會上遇到葛蕾絲之後，他就一直在追求她。

| **food** | [fud] | *n.* [C][U] 食物，食品 |

- Do you have any **food** to eat? I am so hungry!

  你有任何食物可以吃嗎？我好餓。

★ fast food　速食　　sweet food(s)　甜食

| **foot** | [fʊt] | *n.* [C] 腳；英尺 (**feet** [fit]) |

- I wear socks to keep my **feet** warm.
  我穿襪子讓我的腳保持溫暖。
★ on foot 步行
- Sometimes I go to school on **foot**, and sometimes
  by bus. 有時候我步行到學校，有時候則搭公車。

注意

leg 指的是從大腿 (thigh) 到腳踝 (ankle) 的部分，foot 指的則是
腳踝以下的部分（主要是腳掌）。

- The basketball player is seven **feet** tall.
  那個籃球員有七呎高。(213.36 公分)

| **for** | [fɔr] | *prep.* 為了～；對～；給～；朝
～；因為～
conj. 因為～ |

- This is a knife **for** cutting bread.
  這是一把切麵包的刀。
- Smoking is bad **for** you. 抽煙對你不好。
- Mr. Wang bought a new hat **for** his wife.
  王先生買了一頂新帽子給他太太。
- This is a train **for** Kaohsiung.
  這是往高雄的火車。
- France is famous **for** its wine.
  法國因其美酒而聞名。

F

- It's going to rain, **for** it's getting dark.
  快要下雨了，因為天色變暗了。

---

foreign [`fɔrɪn]　　*adj.* 外國的

- Tim is not a Taiwanese; he is from a **foreign**
  country.　提姆不是台灣人，他來自外國。

---

foreigner　　　　　　*n.* [C] 外國人

[`fɔrɪnɚ]

- I practice English by talking with **foreigners**.
  我藉著和外國人交談來練習英文。

---

forget　[fɚ`gɛt]　　*v.t. v.i.* 忘記

　　　　　　　　　　　(～, forgot, forgotten)

- I **forgot** everything I had read after the test.
  考試過後，我就把讀過的東西全忘光了。

★ forget + to V　忘記去做～（未做）

- I **forgot** to bring my keys so I couldn't open the
  door.　我忘了帶鑰匙所以我開不了門。

★ forget + V-ing　忘記做過～（已做）

- John **forgot** sending the mail for Betty, but he did.
  約翰忘了他已經幫貝蒂寄了信，但他的確寄了。

---

fork　　　[fɔrk]　　*n.* [C] 叉子

- When you eat steak, you have to use a knife and a
  fork.　當你吃牛排的時候，你必須使用刀叉。

---

forty　　[`fɔrtɪ]　　*adj.* 四十的，四十個的　　*n.* 四十

- My mother was very angry because I got only **forty** points on the English test.
  我媽媽很生氣，因為我英文考試只考了四十分。
- Do you have these shoes in size **forty**?
  你們這雙鞋子有四十號嗎？

four [for] *adj.* 四的，四個的 *n.* 四

- There are **four** seasons in a year. 一年有四季。
- Two and two is/are **four**. 二加二等於四。

fourteen [for`tin] *adj.* 十四的，十四個的 *n.* 十四

- This book has **fourteen** lessons.
  這本書有十四課。
- My older sister is going to be **fourteen** this summer. 我姊姊今年暑假就要十四歲了。

fourth [forθ] *adj.* 第四的 *n.* 第四 (the ～)

- This is the **fourth** time that I've visited Taipei.
  這是我第四次去台北。
- July **fourth** is the national day of the United States. 七月四日是美國的國慶日。

free [fri] *adj.* 免費的；有空的；自由的

- In some restaurants, tea and coffee are **free**.
  在某一些餐廳，茶和咖啡是免費的。
- If you are **free** tomorrow, we can have a cup of

F

coffee.

如果你明天有空的話，我們可以一起喝杯咖啡。

- The exams are all finished. You are **free** now.

考試全結束了。你現在自由啦！

fresh	[frɛʃ]	*adj.* 新鮮的

- The air in the country is much **fresher** than that in the big city.　鄉下的空氣比大城市的新鮮多了。

★ freshman　新鮮人

- Paul is a **freshman** and has no working experience.

保羅是個新鮮人，還沒有任何工作經驗。

Friday	[ˋfraɪde]	*n.* [U][C] 星期五

- "What day is today?" "Today is **Friday**."

「今天星期幾？」「今天是星期五。」

friend	[frɛnd]	*n.* [C] 朋友

- Charlie helped me a lot; he was my best **friend**.

查理幫過我很多忙，他是我最好的朋友。

★ make friends with sb.　和～做朋友

- Nancy is proud, so few people want to make **friends** with her.

莘西很驕傲，所以沒什麼人想和她做朋友。

friendly		*adj.* 友善的，友好的
[ˋfrɛndlɪ]		

F

100

- Angela is a **friendly** person, so she has lots of friends. 安琪拉是友善的人,所以她有很多朋友。

| from | [frɑm] | *prep.* 從～來;從～起;用～(原料、題材等);距離～ |

- "Where are you from?" "I'm **from** Taichung" 「你從哪裡來?」「我從台中來。」
- The library is open **from** 9 to 9 o'clock. 圖書館從九點開於到九點。

★ from now on 從現在起

- **From** now on, I will study harder. 從現在起,我會更加努力唸書。
- Wine is made **from** grapes. 酒是用葡萄釀成的。
- I live a few miles **from** here. 我住在離這裡只有幾英哩的地方。

| front | [frʌnt] | *n.* [U] 前面 ↔ **back** |
| | | *adj.* 前面的 |

★ in front of + N 在～前面

- The boy becomes shy in **front** of the girl he likes. 這個男孩在他喜歡的女生面前害羞了起來。

★ in the front of + N 在～的前面

- The teacher stood in the **front** of the classroom and spoke to us. 老師站在教室的前端,向我們講話。

- The old lady grows many flowers in her **front**
  garden. 這位老太太在她的前院種了許多的花朵。

| **fruit** | [frut] | *n.* [C] 水果（指不同水果種類） |
| | | *n.* [U] 水果（泛指所有水果） |

- My favorite **fruits** are apples, bananas and
  oranges. 我最喜歡的水果有蘋果、香蕉和柳橙。
- Eating more **fruit** and vegetables would be good
  for you. 多吃水果和蔬菜會對你有益。

| **full** | [fʊl] | *adj.* 滿的；吃飽的 ↔ **hungry** |

★ be full of + N 充滿～，擠滿～

- The playground is always **full** of kids on
  weekends. 這個遊樂場週末時總是擠滿了小孩。
- I am **full**. I can't eat any more.
  我飽了。不能再吃了。

| **fun** | [fʌn] | *n.* [U] 娛樂，樂趣 |
| | | *adj.* 有趣的，愉快的 |

★ it's a lot of fun to V ～是很有趣的

- It's a lot of **fun** to play volleyball at the beach.
  在沙灘上打排球是很有趣的。

★ make fun of + N 取笑～

- My friends make **fun** of my cat because it is too
  fat. 我朋友取笑我的貓，因為牠太肥了。

★ have fun 玩得開心

- We had lots of **fun** in the playground yesterday.
  我們昨天在遊樂場玩得很開心。
- We had a **fun** holiday in Hualien last week.
  我們上禮拜在花蓮過了個愉快的假期。

| funny | [ˈfʌnɪ] | *adj.* 好笑的；古怪的 = **strange** |

- This is the **funniest** joke I have ever heard.
  這是我聽過最好笑的笑話。
- There is a **funny** noise outside.
  外面有個古怪的聲音。

| future | [ˈfjutʃɚ] | *n.* [U] 未來 ↔ **past**；成功的可能性（較常用於否定及疑問句）
n. [C] 前途
adj. 未來的，將來的 |

★ in the future （在）未來

- Nobody knows what will happen in the **future**.
  沒有人知道未來會發生什麼事。
- The plan has no **future** because it is too stupid.
  這計畫太愚蠢，不可能成功的。
- Dick is smart and he works hard; he has a great **future**.　迪克既聰明又勤勉，他的前途無量。
- Jim's **future** dream is to travel around the world.
  吉姆未來的夢想是環遊世界。

F

103

game	[gem]	n. [C] 遊戲;比賽

★ video games　電動遊戲

- I won't go out because I want to play video **games**.
  我不會出去,因為我想打電動遊戲。
- There will be a basketball **game** in the gym today.
  今天在體育館將有一場籃球比賽。

garbage	n. [U] 垃圾

[ˋgɑrbɪdʒ]

- You should not put the **garbage** on the ground.
  你不應該把垃圾放在地上。

★ garbage can　垃圾桶

- The tomatoes are bad so I put them into the
  garbage can.
  那些蕃茄壞掉了,所以我把它們丟進垃圾桶。

garden	n. [C] 花園

[ˋgɑrdn̩]

- There are many different kinds of flowers in the
  garden.　在花園裡有著很多不同種類的花。

gas	[gæs]	n. [U] 瓦斯;氣體;汽油

- We were out of **gas** so that we could not cook
  anything.
  我們的瓦斯用完了,所以沒辦法煮任何的東西。
- There are several different kinds of **gas** in the air.

G

空氣中有好幾種不同的氣體。

★ a gas station　加油站

· I am running out of gas; I must find a **gas** station soon.

　我的汽油快用完了，我得趕快找到加油站才行。

get	[gɛt]	v.t. 獲得，得到；抓住，捕獲
		v.t. v.i. (使) 成為～ (狀態)
		v.i. 變成；搭到 (車、飛機等)
		(～, got, gotten)

· I **got** many presents on my birthday.

　我生日的時候得到很多禮物。

· The cat ran after the mouse and finally **got** it.

　那隻貓追在老鼠後面，並在最後抓住了牠。

· We **got** tired for we had worked for hours without any rest.

　因為一連工作幾個小時沒有休息，我們都累了。

· I think you are **getting** fat these days.

　我覺得你最近有變胖。

★ get on　登上～ (交通工具)

· I must **get** on the train or I will be late for the meeting.

　我一定要趕上那班火車，不然我開會就遲到了。

★ get up　起床

- I **get** up at 7:30 a.m. every morning.
  我每天早上都七點半起床。

gift	[gɪft]	*n*. [C] 禮物 **= present**；天賦

- This watch is a birthday **gift** from my father.
  這只手錶是我父親送我的生日禮物。
- ★ a gift for + <u>N/V-ing</u>　有～天賦
- Amy has a **gift** for playing the piano.
  艾咪有彈鋼琴的天分。

girl	[gɝl]	*n*. [C] 女孩 ↔ **boy**；女兒
		= daughter ↔ **son**

- Sophie's parents have decided to send her to a
  girls' school.
  蘇菲的父母已決定要把她送到女校就讀。
- Mr. and Mrs. Wang have two **girls**, but they have
  no boy.　王氏夫婦有兩個女兒，但他們沒有兒子。

give	[gɪv]	*v.t.* 給 ↔ **take**
		v.i. 付出 (～, gave, given)

- ★ give sb. sth.　給某人某物
- Mandy **gave** her mom a ring as a gift for Mothers'
  Day.　曼蒂送給她媽媽一個戒指當作母親節禮物。
- ★ give sth. to sb.　把某物給某人
- The kind woman **gave** all her love to those kids.
  那仁慈的女人把她的愛全給了那些孩子。

- Th more you **give**, the more you get.

  你付出的越多，你得到的就越多。

★ give up　放棄

- I will never **give** up no matter what happens.

  不論發生什麼事，我絕不會放棄。

★ give up + <u>N/V-ing</u>　戒除～（癮）

- I **gave** up smoking several years ago.

  我好幾年前就戒煙了。

| glad | [glæd] | *adj.* 高興的 **= happy** |

- I'm **glad** to meet you.　很高興認識你。

| glass | [glæs] | *n.* [U] 玻璃　*n.* [C] 玻璃杯 |
| | | *n.* 眼鏡（必須用複數） |

- Be careful of the **glass** on the ground.

  小心地上的玻璃。

★ a glass of + N　一杯～

- Rose likes to have a **glass** of orange juice every morning.　蘿絲喜歡每天早上喝一杯柳橙汁。

★ a pair of glasses　一副眼鏡

- Carl can't see clearly; maybe he needs a new pair of **glasses**.

  卡爾看不清楚，也許他需要一副新的眼鏡。

| glove | [glʌv] | *n.* [C] 手套 |

- When you play baseball, you need to wear a

glove.　當你打棒球時，你需要戴上一隻手套。

★ a pair of gloves　一雙手套

· Gina gave her boyfriend a pair of **gloves** in the winter.　吉娜在冬天送給她男朋友一雙手套。

go	[go]	*v.i.* 去 ↔ **come**；進行 (~, went, gone)

· The girl asked her mom not to **go** away from her.
這女孩要她媽媽不要走開。

★ go to + N　到~地方去

· We will **go to** the supermarket to do some shopping.　我們要到超市去買些東西。

★ go + V-ing　去~

· Mr. Hansen likes to **go** mountain climbing on holidays.　韓森先生喜歡在假日去登山。

· If everything **goes** well, the work could be done in three days.
如果一切進行順利，這工作三天內可以完成。

goat	[got]	*n.* [C] 山羊

· There are many **goats**, sheep and horses on my uncle's farm.
我叔叔的農場裡，有許多山羊、綿羊和馬兒。

good	[gʊd]	*adj.* 好的；愉快的；擅長的；有益的 (~, better, best)

G

- The weather is **good**. I want to play basketball outside.　天氣很好,我想出去打籃球。
★ have a good time　玩得很愉快
- We had a **good** time at the beautiful beach last weekend.

  我們上週末在那漂亮的海灘上玩得很愉快。
★ be good at + N/V-ing　擅長於～
- Jay is **good** at math; he can answer a hard math question soon.

  杰擅長於數學,他可以很快回答一道數學難題。
★ be good for + sb.　對～有益
- You should read this **good** book. It is **good** for you.　你應該讀這本好書。它對你有益。

good-bye	*interj.* 再見
[ɡʊd`baɪ]	*n.* 再見 = **goodbye** = **bye** [baɪ]

- **Good-bye**, everybody.　各位,再見了。
- I must say **good-bye** now.　我現在得告辭了。

grade	[ɡred]	*n.* [C] 成績;年級

- Kelly was happy that she got a high **grade** in the English test.

  凱莉很高興她的英文考試得了很高的成績。
- My younger sister will enter the sixth **grade** this fall.　我妹妹今年秋天要升上六年級了。

| grandfather | *n.* [C] 爺爺；外公 |
| [ˋɡrænˌfɑðɚ] | = **grandpa** [ˋɡrænpɑ] |

- My **grandfather** is very old but healthy.
  我爺爺非常老了，但很健康。

| grandmother | *n.* [C] 奶奶；外婆 |
| [ˋɡrænˌmʌðɚ] | = **grandma** [ˋɡrænmɑ] |

- My **grandmother** is old; she is sick and lies in
  bed all day.
  我祖母老了，她生病了整天躺在床上。

| grass | [ɡræs] | *n.* [U] 草，草地 |

- Goats eat **grass**. 山羊吃草。

- We will have a picnic on the **grass** tomorrow.
  我們明天將在草地上野餐。

| gray | [ɡre] | *adj.* 灰色的 = **grey** [ɡre] |
| | | *n.* [U] 灰色 = **grey** [ɡre] |

- Our hair will turn **gray** when we get old.
  當我們變老時，頭髮會轉成灰色的。

- I don't like dark colors like black or **gray**; I like
  bright colors.
  我不喜歡黑色或灰色等暗色；我喜歡亮麗的顏色。

| great | [ɡret] | *adj.* 大的（指數量上或規模上） |
| | | = **big**；偉大的；棒的 |

- Mr. Li is rich and has a **great** house.

李先生很有錢，而且有一棟大房子。

- Dr. Sun Yat-sen is a **great** man in the Chinese history.

  孫中山先生在中國歷史中，是個偉大的人物。

- This is the **greatest** movie I have ever seen.

  這是我看過最棒的電影。

---

green [grin] *adj.* 綠色的 *n.* [U] 綠色

- The traffic light has turned **green**. We may go now. 交通號誌燈已經變綠，我們可以走了。

- **Green** is the color of grass and leaves.

  綠色是草地和樹葉的顏色。

---

ground *n.* [U] 地，地面 (the ground)

[graund] *n.* [C] 場地

- The wet **ground** shows that it rained last night.

  潮溼的地面顯示昨晚下雨了。

- His land is five times bigger than a baseball **ground**. 他的地比棒球場還要大五倍。

---

group [grup] *n.* [C] 群體，團體

- Sue has joined a **group** which helps the poor.

  蘇已加入了一個幫助窮人的團體。

★ a group of + N 一群～

- A **group** of students are sitting under a big tree.

  一群學生正坐在一棵大樹下。

| grow | [gro] | v.t. 種植　v.i. 成長 |
| | | (~, grew, grown) |

- My parents like to **grow** flowers in the garden.
  我父母喜歡在花園裡種花。
★ grow up　長大，成長
- Susan said she wants to be a singer when she
  grows up.　蘇珊說她長大後想當個歌手。

| guess | [gɛs] | v.t. 猜；猜中，猜對 |
| | | n. [C] 猜測 |

- I **guess** that you are hiding something in your
  hand, right?　我猜你手裡藏著東西，對不對？
- Mothers can always **guess** what their children are
  thinking about.
  媽媽們總是能猜出他們的小孩在想些什麼。
★ make a guess of + N/V-ing　猜猜看
- Make a **guess** of the price of this dress.
  你猜這件洋裝值多少錢。

| habit | [ˋhæbɪt] | n. [C] 習慣 |

- Almost everyone has some bad **habits**.
  幾乎每個人都有些壞習慣。
★ have the habit of + V-ing　有～的習慣
- Do you have the **habit** of listening to music when
  reading?　你有沒有閱讀時聽音樂的習慣？
★ get into the habit of + V-ing　養成～的習慣
- Don't get into the **habit** of smoking; it is bad for
  you.　別養成抽煙的習慣；那對你有害。

| hair | [hɛr] | n. [C][U] 頭髮；毛髮（大部分時
為不可數） |

- How often do you wash your **hair**?
  你多久洗一次頭髮？
★ make one's hair stand on end　讓～毛骨悚然
- The horrible movie made my **hair** stand on end.
  那部恐怖電影讓我看的毛骨悚然。

| half | [hæf] | adj. 一半的，二分之一的
n. [C][U] 一半，二分之一 |

- Joan has been talking on the phone for **half** an
  hour.　瓊安已經講了半個小時的電話了。
- Only **half** of the students passed the test.
  只有一半的學生通過了考試。

| ham | [hæm] | n. [U] 火腿 |

H

- I had **ham**, cheese, and an egg in my sandwich.
  我的三明治裡有火腿、起司和一個蛋。

hamburger	*n.* [C] 漢堡
[ˋhæmbɝɡɚ]	

- We will have **hamburgers** at McDonald's this
  evening.　我們今天晚上將在麥當勞吃漢堡。

hand	[hænd]	*n.* [C] 手；（鐘錶的）指針

- Remember to wash your **hands** before eating.
  吃東西之前，記得洗手。

★ give sb. a hand　幫～的忙

- I can't move the heavy box. Who can give me a
  hand?　我搬不動這個重箱子。誰可以幫我一下？
- The minute **hand** of the clock is broken.
  這個時鐘的分針壞掉了。

handsome	*adj.* 帥氣的，英俊的
[ˋhænsəm]	

- **Handsome** and rich men are more popular.
  帥氣又有錢的男人比較受歡迎。

happen	*v.i.* 發生
[ˋhæpən]	

- What **happened** to you? = What's wrong with
  you?　你怎麼了？（你發生什麼事了？）

happy	[ˋhæpɪ]	*adj.* 快樂的 ↔ **unhappy**

H

- When you help other people, you will feel **happy** yourself.

  當你幫助他人時，你自己也會覺得快樂。

- **Happy** birthday to you.　祝你生日快樂。

| **hard** | [hɑrd] | *adj.* 困難的 = **difficult**；硬的 |
| | | *adv.* 努力地 |

- This question is too **hard** for an elementary school student to answer.

  這問題要一個小學生回答，是太難了。

- The steak is as **hard** as a rock.

  這牛排像石頭一樣硬。

- Vanessa works **hard** in order to buy a car.

  凡妮莎為了買一輛車而努力工作。

| **hard-working** | *adj.* 努力工作的 = **hardworking** |
| [`hɑrd`wɜkɪŋ] | |

- All bosses like **hard-working** people.

  所有的老闆都喜歡努力工作的人。

| **hat** | [hæt] | *n.* [C]（有邊的）帽子 |

- The man wears a **hat** and a jacket.

  那個男子戴著帽子，穿著夾克。

| **hate** | [het] | *v.t.* 討厭，恨 ↔ **love** |
| | | *n.* [U] 仇恨，厭惡 |

- Kathy **hates** tomatoes; she never eats them.

H

凱西討厭蕃茄，她從不吃它們。

- The **hate** between the two countries is hard to erase.　這兩個國家之間的仇恨很難消除。

| have | [hæv] | v.t. 擁有；吃（喝） |
| | | aux. 已經（～/has, had, had） |

- I **have** many cookies; do you want some?
  我有很多餅乾，你想要吃一些嗎？
- May I **have** some ice cream after dinner?
  晚餐後我可以吃點冰淇淋嗎？
- Mr. Jones **has** finished his dinner; he is watching TV now.
  瓊斯先生已經吃完晚餐，現在他正在看電視。

比較

have/has + p.p 為完成式（可為「已經」或「曾經」），have/has 為用於完成式之助動詞，後面加過去分詞。

| he | [hi] | pron. 他 |

- "Where is your brother." "**He** is at school."
  「你弟弟在哪裡？」「他上學去了。」

比較

受格	所有格	所有代名詞	複合人稱代名詞
him	his	his	himself
[hɪm]	[hɪz]	[hɪz]	[hɪm`sɛlf]

- I saw Tony at the party. I remember **him** very

H

116

well.

我在那個派對上遇到東尼。我對他印象非常深刻。

· Edward showed me **his** pictures.

艾德華給我看了他的照片。

· My shoes are new, but **his** are old.

我的鞋子是新的，但他的是舊的。

· My father made the desk **himself**.

我爸爸自己製作了這張書桌。

head	[hɛd]	*n.* [C] 頭；頭目，首腦 **= leader**；頭腦，才智

H

· Kevin fell off a tree, but luckily he wasn't hurt in the **head**.

凱文從樹上摔下來，但幸好他的頭沒有受傷。

· The **head** of the group has been caught by the police.　這個團體的首腦已經被警方捉到了。

· Ellen has a good **head** for math.

艾倫很有數學頭腦。

headache	*n.* [C] 頭痛
[ˋhɛd͵ek]	

· Tommy always has a **headache** before tests.

湯米總是會在考試前頭痛。

health	[hɛlθ]	*n.* [U] 健康

· Taking some exercise every day is good for your

health. 每天做一些運動對你的健康有益。

---

healthy [ˈhɛlθɪ] *adj.* 健康的 ↔ **sick**

- If you want to keep **healthy**, you have to eat more vegetables. 如果你想保持健康，就要多吃蔬菜。

---

hear [hɪr] *v.t. v.i.* 聽；聽說

(~, heard, heard)

- Did you **hear** the strange sound just now?
  你剛才有沒有聽見那個怪聲音？

★ hear <u>about/of</u> + N 聽說~

- I have never **heard** of such a strange thing in my life. 我一生中從沒聽說過這樣的怪事。

比較

hear 指「聽見；聽說（某事）」；listen 則是指比較「集中注意力、專心的去聽」，且只有不及物動詞的用法 listen to ~。

- Bella is **listening** to the news on the radio.
  貝拉正在（專心）聽收音機上播放的新聞。

---

heart [hɑrt] *n.* [C] 心，心臟

★ break one's heart 傷~的心

- Her coldness broke my **heart**.
  她的冷酷傷了我的心。

★ with all one's heart 真心誠意地

- I'm sorry with all my **heart**. Can you give me one more chance?

我真心誠意地感到抱歉。你能再給我一次機會嗎？

| **heat** | [hit] | *n.* [U] 熱度，高溫 |
| | | *v.t.* 加熱 |

· The **heat** of the sun made us feel uncomfortable.
  太陽的高溫讓我們覺得不舒服。

· The moon cake will taste better if you **heat** it.
  如果你把月餅加熱的話，它會更好吃。

| **heavy** | [ˋhɛvɪ] | *adj.* 重的 ↔ **light**；大的，大量的 |

· The box is too **heavy** for a girl to move.
  這個箱子太重了，女孩子搬不動它。

★ heavy rain　大雨，豪雨

· There will be **heavy** rain this afternoon.
  今天下午將有大雨。

| **hello** | [həˋlo] | *interj.* 嗨，你好；喂 |
| | | *n.* 嗨、你好等的問候 |

· "**Hello**, John, how are you?"
  「嗨，約翰，你好嗎？」

· "**Hello**, who's speaking, please?"
  「喂，請問您是那位？」

· Say **hello** to your parents for me.
  替我向你爸媽問好。

| **help** | [hɛlp] | *v.t.* 幫忙　*n.* [U] 幫忙，幫助 |

★ help sb. with sth.　在某事上幫助某人

H

- Jack often **helps** his brother with his homework.
  傑克常常幫他弟弟做功課。
★ help sb. (to) V 幫助某人做某事
- Can you **help** me (to) carry the box to the third floor? 你能幫我把這個箱子提到三樓嗎？
★ cannot help but + V 不得不～
- I cannot **help** but leave now because I still have to work. 我不得不現在離開，因為我還得工作。
- Without your **help**, I couldn't make it.
  沒有你的幫忙，我無法成功。

helpful	*adj.* 有幫助的，有益的（介系詞
[ˋhɛlpfəl]	to）

- Vegetables and friut are very **helpful** to our health. 蔬菜和水果對我們的健康是很有益的。

here [hɪr]	*adv.* 這裡 ↔ **there**
	n. [C] 這裡

- Can I put my school bag **here**?
  我可不可以把我的書包放在這裡？
★ Here you are. 這是你要的東西
- "Could you give me a pack of candies?"
  "Sure. **Here** you are."
  「可以給我一包糖果嗎？」
  「當然，這是您要的東西。」

H

- The hotel is fifty miles away from **here**.
  那家旅館離這裡有五十哩遠。

| hi | [haɪ] | *interj.* 嗨，你好 |

- "**Hi**! How's it going?"　「嗨！你好嗎？」

hide	[haɪd]	*v.t.* 把～藏起來
		v.i. 隱藏，躲藏 ↔ **show**
		(～, hid, hidden)

- Rose **hid** the love letters under her bed.
  蘿絲把情書藏在床底下。

★ hide sth. from sb.　把～藏起來不讓～發現

- Mr. Chen **hides** his money from his wife.
  陳先生把錢藏起來，不讓他老婆發現。

- I **hid** behind the door to give my mother a
  surprise.　我躲在門後，想給我媽一個驚喜。

high	[haɪ]	*adj.* 高的（位置；地位）↔ **low**；
		高的（價格；價值；評價）
		adv. 向高處，在高處

- It is said that cats like to stay in **high** places.
  據說貓喜歡待在高的地方。

- The price of the car is too **high** for me.
  那輛車的價格對我來說太過昂貴。

- I wish that I could fly **high** like a bird.
  我希望我可以像鳥一樣在高處飛翔。

H

| hill | [hɪl] | n. [C] 山丘，丘陵 |

- Can you see the old tree on the **hill**?
  你能看見山丘上的老樹嗎？

| history | [ˋhɪstrɪ] | n. [C][U] 歷史　　[U] 來歷，沿革 |

- China is a country with a long **history**.
  中國是個擁有悠久歷史的國家。

★ make history　名垂青史

- Mother Teresa made **history** by helping the poor.
  德蕾莎修女因幫助貧窮者而名垂青史。

- How could you believe him without knowing his
  history?
  你還不知道他的來歷，怎麼可以相信他？

| hit | [hɪt] | v.t. 打，打擊；碰撞；襲擊 |
| | | (～, hit, hit) |

- Even if you hate him, you can't **hit** him.
  即使你討厭他，你也不可以打他。

- Danny **hit** the ball and started to run.
  丹尼擊中了球並開始跑了起來。

- The dog was **hit** by a car and was sent to the
  hospital.　那隻狗被車撞了，並很快被送到醫院。

★ hit-and-run　肇事逃逸

- The **hit**-and-run driver was finally caught by the
  police.　那名肇事逃逸的司機終於遭警方逮捕。

H

- A strong typhoon **hit** Taiwan last month.
  上個月有個強烈颱風襲擊台灣。

hobby　　[ˋhɑbɪ]　　*n.* [C] 嗜好 (**hobbies**)

- Toby's favorite **hobby** is to listen to music.
  托比最大的嗜好就是聽音樂。

hold　　[hold]　　*v.t.* 握住，抓住；舉行；抑制
　　　　　　　　　　(～, held, held)

- The girl **held** her dad's hand when crossing the
  street.　過馬路時，這個女孩握住她爸爸的手。
- The baby is **holding** a toy car in his hand.
  小寶寶手上拿著一個玩具車。
- A basketball game is **held** in our school every
  October.　我們學校每年十月都會舉行籃球比賽。
- ★ hold back　抑制
- The boy could not **hold** back his love for the
  game.　那男孩無法抑制他對那款遊戲的熱愛。
- ★ hold on　不掛斷電話
- **Hold** on please. Mr. Wu is coming in one minute.
  請不要掛斷電話，吳先生一分鐘之內就會來了。

holiday　　　　　　　*n.* [C] 假日
[ˋhɑləˏde]

- I will spend my **holidays** in Kenting next month.
  我下個月要在墾丁度假。

H

比較

holiday 通常指一兩天等較短的休息日子，vacation 則指寒暑假、春假等較長的休息時期。

· I learned swimming in the summer **vacation**.
我在暑假期間學會了游泳。

| **home** | [hom] | *n.* [C] 家，家庭（介系詞用 at） |
| | | *adv.* 在家，回家 |

· I have a sweet **home**. All my family love me.
我有個甜蜜的家庭。所有的家人都愛我。

· After your dad comes **home**, we can have dinner.
你爸爸回家之後，我們就可以吃晚餐了。

★ make oneself at home 不要拘束

· Please make yourself at **home** in my place.
在我的地方請不要拘束。

| **homework** | *n.* [U] 回家作業 |
| [ˋhom‚wɝk] | |

· The students are happy that they don't have
homework today.
學生們很高興他們今天沒有回家作業。

★ do one's homework 做功課

· You should do your **homework** before watching
TV. 在看電視之前，你應該先做功課。

| **honest** | [ˋɑnɪst] | *adj.* 誠實的 ↔ **dishonest** |

H

124

- Jack is an **honest** boy. He doesn't like to tell a lie.
  傑克是個誠實的男孩。他不喜歡說謊。
- You must be **honest** with your parents.
  對你的父母,你一定要老實。

hope [hop] *v.t. v.i.* 希望　*n.* [C] 希望

★ hope + to V　希望~

- Amy **hopes** to enter a good school next year.
  艾咪希望明年進入一所好學校。

★ hope + that 子句　希望~

- Ginger **hopes** that she can become a star in the future.　金潔希望她未來可以成為明星。
- I have a **hope** that I can play video games every day.　我有一個希望,就是可以每天打電動玩具。

|比較|

hope 和 wish 都當動詞「希望」解釋時,前者後面所加的通常是將來有可能實現的理想、夢想;而後者通常加難以實現的幻想,或者過去已發生但不希望發生的事。

- I **wish** (that) I could fly like a bird.
  我希望我能夠像鳥一樣飛翔。
- I **wish** (that) I had never known him before.
  我希望我從來沒有認識過他。

horse [hɔrs]　*n.* [C] 馬

★ ride a horse 騎馬

H

- Have you ever ridden a **horse**? 你騎過馬嗎？

hospital   *n.* [C] 醫院

[`hɑspɪtl]

- Those who got hurt in the fire were all sent to the **hospital**. 那些在火災傷者都被送到醫院去了。

hot   [hɑt]   *adj.* 熱的 ↔ **cold**

- It is so **hot** outside; I want to eat some ice cream.
外面天氣熱極了，我想吃些冰淇淋。

hot dog   *n.* [C] 熱狗

[`hɑt,dɔg]

- Mother says I will be fat if I eat too many **hot dogs**.
媽媽說如果我吃太多熱狗的話，我就會變肥。

hotel   [ho`tel]   *n.* [C] 旅館，飯店

- We lived in the **hotel** because the house was burned down.
因為房子被燒毀，所以我們都住飯店。

hour   [aʊr]   *n.* [C] 小時，鐘頭

- Albert spent **hours** playing online games every day. 艾伯特每天都花好幾個小時玩線上遊戲。

★ keep early/good hours 早睡早起

- My mom asks me to keep early/good **hours** to stay healthy. 我媽媽要我早睡早起以保持健康。

| house | [haʊs] | *n*. [C] 房子，房屋 |

- Alex built a big **house** in the country for his family.

  艾力克斯在鄉下蓋了一棟大房子給他的家人。

| how | [haʊ] | *adv*. 如何，怎麼（詢問方式、方法、健康狀況等） |
| | | *adv*. 多麼（用於「感嘆」） |

- **How** do you go to school every day? By bicycle or by bus?

  你每天是怎麼上學的？騎腳踏車或是搭公車？

- "**How** have you been today?" "Fine, thank you."

  「你今天過的如何？」「很好，謝謝你。」

★ how many/much 有多少（詢問數量、程度多寡等）

- "**How** many people are there in your family?" "Five." 「你家一共有幾個人？」「五個。」

- **How** lucky you are! 你是多麼的幸運啊！

- **How** fast the boy runs! 這個男孩跑得多快呀！

| however | *adv*. 然而，但是 |
| [haʊ`ɛvɚ] | |

- Ricky is a rich man; **however**, he is not happy.

  瑞奇是個有錢人；然而，他並不快樂。

| hundred | *n*. [C] 一百 |
| [`hʌndrəd] | *adj*. 一百的，一百個的 |

- The little girl can count from one to one **hundred**.
  這小女孩能從一數到一百。
- ★ hundreds of　數以百計的～（接可數名詞）
- We could see **hundreds** of kites flying in the sky.
  我們可以看見數以百計的風箏在天空中飛。
- I spent three **hundred** and twenty dollars on the ticket.　我花三百二十元買那張票。

---

hungry　　　　　*adj.* 餓的 ↔ **full**；渴望的
[ˋhʌŋgrɪ]

- The **hungry** man has no money to buy any food.
  那飢餓的男人沒錢可以買任何食物。
- ★ be hungry for + N/V-ing　渴望得到～
- Jim is **hungry** for a new bike.
  吉姆渴望得到一輛新腳踏車。

hurry　[ˋhɝɪ]　*v.i.* 趕忙　*v.t.* 催促
　　　　　　　　n. [U] 急忙，匆促

- If you don't **hurry**, you will miss the train.
  如果你不快一點，你就會錯過火車。
- ★ Hurry up!　快點！
- **Hurry** up! We have to catch the bus!
  快一點！我們得趕上公車！
- The mom **hurried** her son to put on his shoes.
  這個媽媽催促她兒子穿好鞋子。

★ in a hurry　匆忙地

· Austin was going to be late, so he ate his breakfast in a **hurry**.

奧斯汀快遲到了，所以他早餐吃得很匆忙。

hurry	[hɜt]	v.t. 傷害；使疼痛　v.i. 疼痛
		(∼, hurt, hurt)
		n. [C][U] 傷害

· Don't **hurt** the poor little animal.

不要傷害這隻可憐的小動物。

· The cheap shoes **hurt** my feet.

那雙便宜的鞋子把我的腳弄痛了。

· Ouch! You are stepping on my toe; it really **hurts**.

唉唷！你踩到我的腳指了，真的好痛喔！

· Being cheated by her best friend was a real **hurt** to Janet.

被最好的朋友欺騙對珍妮而言真的是個傷害。

husband	n. [U] 丈夫，老公 ↔ **wife**
[ˋhʌzbənd]	

· Barbara met her **husband** when she was twenty.

芭芭拉在她二十歲的時候遇見她的老公。

H

I [aɪ] *pron.* 我

· **I** am a junior high school student.

我是一名國中生。

比較

受格	所有格	所有代名詞	複合人稱代名詞
me [mi]	my [maɪ]	mine [maɪn]	myself [maɪ`sɛlf]

· Tom is taller than **me**.　湯姆比我高。

· Have you seen **my** keys? I can't find them anywhere.

你有看到我的鑰匙嗎？我到處都找不到他們。

· "Whose book is this?" "It's **mine**."

「這是誰的書？」「這是我的。」

· I am old enough to look after **myself**.

我已經大得可以照顧自己了。

ice [aɪs] *n.* [U] 冰

· When it is below 0°C, the water will turn to **ice**.

當攝氏零度以下的時候，水就會變成冰。

ice cream [`aɪs,krim] *n.* [U][C] 冰淇淋

· I love eating **ice cream** on hot summer days.

在炎炎夏日，我最愛吃冰淇淋了。

idea [aɪ`diə] *n.* [C] 主意，想法

- Good **idea**. 好主意。
★ have no idea 不知道
- I have no **idea** about the computer.
  對於電腦，我一竅不通。

| if | [ɪf] | *conj.* 如果；是否 |

- **If** you have enough money, you can buy a sports car. 如果你有足夠的錢，就可以買一部跑車。
- **If** I were you, I would not buy that expensive ring.
  如果我是你，我就不會買那只昂貴的戒指。
- I don't know **if** I should give it up.
  我不知道我是不是應該放棄。

| important | *adj.* 重要的 |
| [ɪm`pɔrtənt] | |

- I have something **important** to tell you.
  我有一件重要的事要告訴你。

| in | [ɪn] | *prep.* 在～裡面 ↔ **out**；在～方面 |

- Can you tell me who is **in** the classroom?
  你能告訴我是誰在教室裡嗎？
- Tom has lots of experiences **in** teaching math.
  湯姆在教數學方面有很多的經驗。

注意

in 是介系詞，之後的動詞一定要用 V-ing。

131

inside [ɪn`saɪd]	n. [C] 內部，裡面 ↔ outside
	adj. 裡面的，內在的 ↔ outside
	adv. 在裡面，在室內 ↔ outside

- The price tag is on the **inside** of the box.
  標價在盒子的內側。
- The **inside** wall of the house is painted green.
  房子內部的牆被漆成綠色。
- Al stayed **inside** all day long for it was very cold
  outside.　因為外面很冷，艾爾整天都待在室內。

| interest | n. [C][U] 興趣 |
| [`ɪntərɪst] | v.t. 使～感興趣 |

★ have an interest in + N/V-ing　對～感興趣

- Do you have any **interest** in listening to music?
  你對於聽音樂有沒有任何興趣？
- This comic book has **interested** many kids.
  這本漫畫已使許多小孩感到興趣。

| interested | adj. 感興趣的 |
| [`ɪntərɪstɪd] | |

★ be interested in + N/V-ing　對～感興趣

- Alice is very **interested** in singing and dancing.
  艾莉絲對於唱歌跳舞非常感興趣。

| interesting | adj. 有趣的 |
| [`ɪntərɪstɪŋ] | |

- I saw an **interesting** movie last night; it was really funny.

  我昨天看了一部有趣的電影,真的很好笑。

Internet	*n.* 網際網路 (the Internet)
[ˈɪntəˌnɛt]	

- Today, we can find almost anything through the **Internet**.

  現在,我們可以經由網路找到幾乎任何東西。

into	[ˈɪntu]	*prep.* 到～裡;成為～

- Gina threw the letter **into** the garbage can.

  吉娜把那封信丟進垃圾桶。

- The fruit can be made **into** jam.

  水果可以製成果醬。

island [ˈaɪlənd]	*n.* [C] 島嶼

- Terry took a vacation on a small **island**.

  泰瑞在一座小島上渡假。

★ a traffic island　安全島

- The car hit the traffic **island** because the driver was drunk.

  因為司機喝醉酒,車子撞上了安全島。

it	[ɪt]	*pron.* 它;牠;(作虛主詞表示時間、氣候、距離等)

- Arthur took the book and gave **it** to me.

133

亞瑟拿了那本書，並把它給我。

- "Where is the dog?" "**It**'s in the garden."
  「狗在哪裡？」「牠在花園裡。」
- **It** is 10 o'clock now.　現在是十點整。
- **It** is warm today.　今天很暖和。
- How far is **it** from Taipei to Kaohsiung?
  從台北到高雄有多遠？

比較

所有格	複合人稱代名詞
its [ɪts]	itself [ɪt`sɛlf]

- The dog wagged **its** tail.
  那隻狗搖了搖牠的尾巴。
- The cat licked **itself** all over.
  那隻貓舔了舔自己全身。

jacket [ˋdʒækɪt]　*n.* [C] 夾克

- Remember to put on your **jacket**; it is cold
  outside.　記得穿上你的夾克，外頭很冷。

January　*n.* [U][C] 一月

[ˋdʒænjʊ͵ɛrɪ]

- **January** is the first month of the year.
  一月是一年的第一個月。

jeans　[dʒinz]　*n.* 牛仔褲

- Helen likes to wear (blue) **jeans** when working.
  海倫工作時喜歡穿牛仔褲。

★ a pair of jeans　一條牛仔褲

- I bought a new pair of **jeans** in the department
  store.　我在百貨公司買了一條新的牛仔褲。

注意

jeans 與 pants（褲子）都是只用複數形的名詞，因此要講幾條

牛仔褲時，要用 pair 為單位。

job　[dʒɑb]　*n.* [C] 工作

- Ivy is looking for a new **job** because she was
  fired.　艾薇正在找新工作，因為她被開除了。

★ good job　表現好

- You did a good **job**!　你表現的很好。

jog　[dʒɑg]　*v.i.* 慢跑　*n.* [U] 慢跑

- I get up early and **jog** in the park every day.

我每天早起，在公園裡慢跑。

- **Jog** is a good exercise which can make you healthier.　慢跑是一項好運動，可以讓你更健康。

---

join　[dʒɔɪn]　*v.t.* 參加，加入

- How much should I pay to **join** your club? 我應該付多少錢才能加入你們的俱樂部？

- Besides studying, I want to **join** more activities in school.　除了唸書，我想多參加一些學校活動。

---

joy　[dʒɔɪ]　*n.* [U] 喜悅，歡樂

- Spending the weekend with my friends brings me a lot of **joy**.　和朋友們共度週末帶給我許多歡樂。

---

juice　[dʒus]　*n.* [U] 果汁

- Which do you like? Orange or apple **juice**? 你喜歡哪一個？柳橙汁還是蘋果汁？

★ a glass of juice　一杯果汁

- I like to have a glass of orange **juice** every morning.　我喜歡每天早上喝一杯柳橙汁。

July　[dʒu`laɪ]　*n.* [U][C] 七月

- Summer vacation usually starts in **July**. 暑假通常從七月開始。

---

jump　[dʒʌmp]　*v.i.* 跳，跳躍　*v.t.* 跳過，越過

- Hannah runs fast and **jumps** high. She is good at sports.　漢娜跑得快又跳得高。她很擅長於運動。

- The horse **jumped** the wall and ran to the grass.
  那馬兒跳過牆，朝著草地跑去。

June   [dʒun]   *n.* [U][C] 六月

- Most students in Taiwan finish school in **June**.
  台灣大部分學生在六月結束學校課業。

---

junior high school   *n.* [C][U] 國中，初級中學

[ˌdʒunjɚ`haɪ ˌskul]

- My sister is thirteen and still studies in **junior high school**.   我妹妹現在十三歲，還在國中就讀。

---

just   [dʒʌst]   *adv.* 只是 **= only**；正要，剛要

- I spent **just** a few minutes to finish the easy job.
  我只花了短短幾分鐘做完這簡單的工作。
- Don't take it too seriously. I was **just** kidding.
  不要太嚴肅。我只是開玩笑。
- Anderson came to my house when I **just** wanted to call him.
  當我正要打電話給安德森時，他來到我家。

★ just now   剛才

- I finished my job **just** now.
  我剛剛才做完我的工作。

137

| keep | [kip] | *v.t. v.i.* 保持;持續不斷 |
| | | *v.t.* 保有;阻止;記(日記、帳等);養 (~, kept, kept) |

- When you get into the library, you should **keep** quiet. 當你進入圖書館時,你應該保持安靜。

- It has **kept** raining for more than two weeks. 已經持續下雨超過兩個星期了。

注意

keep 當「保持」或「持續」時,後接形容詞或 V-ing。

- Sally **keeps** the letter her boyfriend wrote to her all the time.

  莎莉一直都保有著她男朋友寫給她的那封信。

★ keep sb./sth. from N/V-ing 使遠離~

- Parents should **keep** their children from fire. 父母應該讓小孩子無法接近火。

★ keep away from sb./sth. 不接近~;離開~

- Teenagers should **keep** away from bad friends. 青少年應該遠離壞朋友。

★ keep (one's/a/the) diary 寫日記

- Do you have the habit of **keeping** a diary? 你有寫日記的習慣嗎?

- My family **keep** two dogs and three rabbits in the house. 我家人在屋子裡養了兩隻狗和三隻兔子。

| key | [ki] | n. [C] 鑰匙；祕訣 |
| | | adj. 關鍵的，主要的 |

- I forgot to bring my **keys**, so I could not open the door.　我忘了帶鑰匙，所以我沒辦法開門。
★ the key to + N/V-ing　～的祕訣
- Working hard is the **key** to success.
  努力工作是成功的祕訣。
- Please find out the **key** word in this sentence.
  請找出這個句子裡的關鍵字。

| kick | [kɪk] | v.t. 踢 |

- You shouldn't **kick** the dog like that.
  你不該那樣子踢這隻狗。

| kid | [kɪd] | n. [C] 小孩子 = child |
| | | v.i. 取笑，戲弄 |

- Dolly is a good **kid**; all teachers like her.
  桃莉是個好孩子；所有的老師都喜歡她。
- Are you **kidding**?　你是在開玩笑吧？

| kill | [kɪl] | v.i., v.t. 殺，致死 |
| | | v.t. 消磨（時間） |

- Kim was afraid when he saw his mother **killing** the fish.　當金恩看到他媽媽殺魚時，他很害怕。
- Three people were **killed** in the typhoon.
  有三個人在颱風中喪生了。

K

★ kill time   消磨時間

· I like to read some books to **kill** time on Sunday
  afternoon.

  禮拜天下午，我喜歡閱讀來消磨時間。

kilogram   *n.* [C] 公斤 **= kg**
[ˋkɪləˏgræm]

· Do you know how many **kilograms** an elephant
  weighs?   你知不知道一隻大象有幾公斤重？

kind   [kaɪnd]   *n.* [C] 種，種類
                     adj. 仁慈的；親切的

· There are many **kinds** of TV programs for you to
  watch.   有許多種電視節目你可以收看。

★ all kinds of + N   各式各樣的～

· There are all **kinds** of animals in the zoo.
  動物園裡有各式各樣的動物。

· Dr. Lin is such a **kind** old man that every kid
  loves him.

  林醫師是個很親切的老先生，每個小孩都喜歡他。

king   [kɪŋ]   *n.* [C] 國王 ↔ **queen**

· The **king** has ruled the country for twenty years.
  這國王已經統治這個國家二十年了。

kiss   [kɪs]   *v.t. v.i.* 親吻，接吻
                   n. [C] 吻，親吻

140

- Kay **kisses** her husband before he goes to work every morning.

  凱在她老公每天早上上班前，都會親他一下。
- The young lovers **kiss** in public.

  那對年輕情侶當眾接吻。
- Mother gave me a **kiss** before I went to bed.

  在我睡前，媽媽親了我一下。

kitchen	n. [C] 廚房
[ˋkɪtʃɪn]	

- Mother was preparing our dinner in the **kitchen**.

  媽媽正在廚房裡準備我們的晚餐

kite	[kaɪt]	n. [C] 風箏

- Do you see those colorful **kites** in the sky?

  你有沒有看見天空中那些色彩鮮豔的風箏？
★ fly a kite　放風箏
- My dad taught me how to fly a **kite**.

  我爸爸教我怎麼放風箏。

knee	[ni]	n. [C] 膝蓋，膝部

- The young woman wears a skirt above her **knees**.

  那名年輕女子穿了一件長度不到膝蓋的裙子。
★ on one knee　單膝下跪
- Jack got down on one **knee** and asked Rose to marry him.　傑克單膝下跪，要求蘿絲嫁給他。

K

141

注意

如果兩隻腳都下跪，就叫做 on the knees（雙腳下跪）或者 on one's knees（某人雙腳下跪）。

---

knife [naɪf] *n.* [C] 刀 (**knives**)

· The cook cut the meat into small pieces with a **knife**.　那廚師用一把菜刀把肉切成小塊。

· When you eat steak, you have to use a **knife** and a fork.　當你吃牛排的時候，你需要使用刀叉。

---

knock [nɑk] *v.t. v.i.* 敲，擊，打

n. [C] 敲，敲打

· Somebody is **knocking** (<u>at/on</u>) the door. Go and see who it is.　有人在敲門。去看看是誰吧。

★ knock out sb.　擊倒～

· Rocky **knocked** the black man out in thirty seconds.　洛基在三十秒內就擊倒了那個黑人。

· I felt a **knock** on my head and after that, I passed out.

我感覺到頭被敲了一下，在那之後，我就昏倒了。

---

know [no] *v.t. v.i.* 知道，得知

v.i. 瞭解，懂得

v.t. 認識 (～, knew, known)

· How could I **know** the fact if nobody told me?

如果沒人告訴過我的話，我怎麼可能知道事實？

★ know about/of 瞭解～

· I don't **know** much about/of cameras.
  我對照相機瞭解的不多。
· Nobody **knows** what the movie is about?
  沒人懂那部電影是關於什麼？
· Do you **know** the tall boy with a blue hat?
  你認識那個戴著藍帽子的高個子男孩嗎？

| knowledge | n. [U] 知識 |
| [ˋnɑlɪdʒ] | |

· **Knowledge** is power.　知識就是力量。

K

lake	[lek]	n. [C] 湖泊

- There are many fish in the **lake** near the mountain.
  在那山旁邊的湖裡有許多的魚。

lamp	[læmp]	n. [C] 燈

- Father turned on the desk **lamp** and started to
  read. 爸爸打開書桌上的燈，開始閱讀。

land	[lænd]	n. [U] 土地；陸地
		v.i. 登陸，降落

- Do you know how much **land** Mr. Wang owns in
  the country?
  你知不知道王先生在鄉下擁有多少土地？

- Elephants are the biggest animals on **land**.
  大象是陸地上最大的動物。

- The plane **landed** and everyone was safe and
  sound. 飛機降落，且每個人都安然無恙。

L

language	n. [C] 語言
[ˋlæŋgwɪdʒ]	

- Janet can speak several **languages** like English
  and French.
  珍納會說好幾種語言，像是英文和法文。

★ mother language 母語

- Joe is an American, and his mother **language** is
  English. 喬是美國人，他的母語是英語。

| large | [lɑrdʒ] | *adj.* 大的 = **big** |

- That was really a **large** box; I can put all my things in it.　那真是一個大箱子，我可以把我所有的東西裝進去。

| last | [læst] | *adj.* 最後的 ↔ **first** |
| | | *adv.* 最後　*v.i.* 持續 |

- Peter was the **last** one to arrive at school; he was late.　彼得最後一個到校，他遲到了。
- When did you **last** see your elementary school teacher?
  你最後一次看到你的小學老師是何時？
- The meeting **lasted** for hours, and everyone felt tired.　會議持續了幾個小時，每個人都累了。

| late | [let] | *adj.* 晚的，遲的 ↔ **early** |
| | | *adv.* 晚，遲到 |

- You had better go home quickly. It's very **late** now.　你最好快回家。現在很晚了。
★ be late for + N　於～場合遲到
- If you are **late** for work again, you will be fired.
  如果你再上班遲到，你就會被開除。
- Kelly got up too **late** this morning and couldn't catch the bus.
  凱莉今天早上太晚起床，所以趕不上公車。

L

145

later [ˈletɚ] *adv.* 較晚地；以後，後來
adj. 以後的

· I am very busy now; I will call you **later**.
我現在很忙。我晚一點會打給你。

· It was the last time I saw him; I haven't seen him **later**.
那是我最後一次看到他，後來我就沒再見過他了。

· We will learn more knowledge in the **later** classes.
在以後的課程中，我們將會學到更多知識。

注意

latter 指的是「(兩者中) 後者的」。later 和 latter 這兩個字在拼字及意義上都很容易混淆，要特別注意。

· The **latter** part of the story is more interesting than the former. 這個故事的後半部份比前半部份要有趣。

laugh [læf] *v.i.* 笑 ↔ **cry**

· We all **laughed** when we heard the funny joke.
當我們聽到這個好笑的笑話時，全都笑了。

★ laugh at sb. 嘲笑某人

· You should help the poor boy, not **laugh** at him.
你應該幫助這個可憐的男孩，而不是嘲笑他。

lazy [ˈlezɪ] *adj.* 懶惰的，怠惰的

· You should study hard. Girls do not like **lazy** boys

L

like you.　你應該用功讀書。女孩子不喜歡像你一樣懶惰的男生。

| **lead** | [lid] | *v.t. v.i.* 領導 (～, led, led) |

- The waiter **led** me into the dining room.
  侍者領著我進入飯廳。
- ★ lead to + <u>N/V-ing</u>　導致～
- The strong typhoon **led** to the heavy rain for days.
  強烈颱風導致連續好幾天的豪雨。

| **leader** | [ˋlidɚ] | *n.* [C] 領導者 |

- A **leader** should be wiser than the common
  people.　一個領導者必須比一般人更有智慧。
- ★ a class leader　班長
- Anne is our class **leader**. She is smart and
  popular.　安是我們的班長，她既聰明又受歡迎。

| **learn** | [lɝn] | *v.t.v.i.* 學習　*v.t.* 得知 = **know** |

- I want to **learn** new things every day.
  我希望每天都能學習到新的東西。
- You should **learn** from mistakes, not repeat them.
  你應該從錯誤中學習，而不是重複犯同樣的錯誤。
- I was so surprised when I **learned** that Mike is my
  brother.　當我得知邁可是我兄弟時，我很驚訝。

| **least** | [list] | *adj.* 最少的，最小的 ↔ **most**
adv. 最少地，最小地 |

L

pron. 最少（的物），最小（的物）

- Ruth has the **least** money among us.

  露絲在我們之中錢最少。

- Jason is the **least** hard-working man of us; he is very lazy.

  傑森是我們之中最不努力工作的；他很懶惰。

★ at least 至少

- Don't be too sad. You have tried your best at **least**.　別太難過。至少你已經盡力了。

---

leave	[liv]	*v.t. v.i.* 離開 ↔ **stay**
		v.t. 忘了帶～，丟下～；留給～
		(～, left, left)

- Don't **leave** us without saying goodbye.

  不要沒說一聲再見就離開我們。

★ leave for + N　前往～（某地）

- Diana will **leave** for New York to study art in two weeks.

  黛安娜將在兩個禮拜內前往紐約學習藝術。

- I can't find my key. Maybe I **left** it in the office.

  我找不到我的鑰匙。也許我把它留在辦公室了。

★ leave behind + N　忘了帶～，丟下～

- I **left** my umbrella behind this morning and it is raining now.

今天早上我忘了帶我的傘而且現在下雨了。

· The father **left** his son nothing after he died.
那位父親死後沒有留給他兒子東西。

| left | [lɛft] | *adj.* 左邊的 ↔ **right** |
| | | *adv.* 向左；在左邊 |

· Turn right and you will see the church on the **left**
side. 右轉,然後你就會在左邊看到那間教堂。

· Should I turn **left** or right at the traffic light?
在我走到紅綠燈的時候,應該向左還是向右轉?

| leg | [lɛg] | *n.* [C] 腿 |

· Max got hurt in his left **leg** and could not walk
now. 馬克斯的左腿受傷了,所以沒辦法走路。

★ on one's legs 站著

· The salesman has to work on his **legs** all day.
那個店員必須一整天都站著工作。

L

| lemon | [ˋlɛmən] | *n.* [C][U] 檸檬 |

· Few people eat **lemon** because it is very sour.
很少人會吃檸檬,因為它非常酸。

| lend | [lɛnd] | *v.t.* 借 (～, lent, lent) |

★ lend sb. sth. 借給某人某物

· I forgot to bring my money. Could you **lend** me
some? 我忘了帶錢。你可以借我一點嗎?

★ lend sth. to sb. 將某物借給某人

- I **lent** a pencil to Tom.　我借了一支鉛筆給湯姆。

---

less [lɛs] *adj.* 較少的，較小的 ↔ **more**
adv. 較少地，較小地

- I have **less** time than I thought, so I can't finish the job in time.　我有的時間比我預料的少，所以我無法及時完成這項工作。
- The blue T-shirt is not bad; besides, it is **less** expensive.
　這件藍運動衫不錯；此外它也比較不貴。

---

lesson [ˋlɛsn̩] *n.* [C] 課程；一課；教訓

- Pamela will have her piano **lesson** at three p.m.
　潘蜜拉下午三點要上鋼琴課。
- **Lesson** One talks about how to learn English well.
　第一課講的是如何把英文學好。
- The poor grades will be a good **lesson** for Tom to study hard.
　這壞成績將給湯姆一個很好的教訓，讓他能用功唸書。

---

let [lɛt] *v.t.* 讓，使 (～, let, let)

- My mom would never **let** me stay outside after 10 p.m.　我媽絕不會讓我晚上十點後待在外面。
- ★ Let's = let us [口語] 讓我們～
- "Do you want to play basketball?" " Sure, **let's**

go."　「你想打籃球嗎?」「當然,我們走吧。」

注意

let 為「使役動詞」,故後面的動詞用原形動詞。

letter [ˈlɛtɚ]　*n.* [C] 信,信件 **= mail**;字母

- Write a **letter** to me when you arrive in New York
  City.　在你抵達紐約市的時候,寫封信給我。
- There are twenty-six **letters** in the English
  language.　英文裡有二十六個字母。

library　　　　　*n.* [C] 圖書館 (**libraries**)

[ˈlaɪˌbrɛrɪ]

- Amy went to the **library** to borrow some books.
  艾咪去圖書館借一些書。

lie　　[laɪ]　　*v.i.* 說謊 (~, lied, lied, lying)
　　　　　　　　　n. [C] 謊話 ↔ **fact**
　　　　　　　　　v.i. 躺,臥 (~, lay, lain, lying)

★ lie to sb.　對~說謊

- Don't **lie** to me. Tell me what happened.
  不要對我說謊了。告訴我發生什麼事。

★ tell a lie　說謊話

- If you tell a **lie** to me again, I will never believe
  you.
  如果你再對我說謊話,我就永遠不會相信你了。

★ a white lie　善意的謊言

L

- When Maria asked how I felt about her work, I told a white **lie**. 當瑪麗亞問我對她的作品有什麼感想時，我說了一個善意的謊言。
- **Lie** down in the bed if you don't feel well. 如果你覺得不太舒服，就到床上躺著。

life	[laɪf]	*n.* [C] 一生；性命 (**lives**)
		n. [C][U] 生活
		n. [U] 生命，生存

- Potter's **life** was full of surprise. 波特的一生充滿了驚奇。
- The doctor saved the kid's **life** in time. 那醫生及時救了這小孩一命。
- ★ live/lead a + Adj + life 過著～的生活
- I like to lead a quiet **life** in the country. 我喜歡在鄉村過著安靜的生活。
- Make good use of your time, because **life** is short. 好好利用你的時間，因為生命是短暫的。

light	[laɪt]	*n.* [U] 光，光線 *n.* [C][U] 燈
		adj. 輕的 ↔ **heavy**
		v.t. v.i. 點燃，照亮
		(～, lit/lighted, lit/lighted)

- It would hurt your eyes if you read without enough **light**.

如果你沒有在足夠光線下閱讀，會損壞你的眼睛。

★ turn on/off the light　打開／關上燈

- It's getting dark. Please turn on the **light**.

　天色暗了。請開燈。

- This box is very **light**; I can move it easily.

　這箱子很輕，我可以輕易地移動它。

- The man **lit** the fire to keep himself warm.

　那男人點燃了爐火，讓自己保持溫暖。

★ light up + N　點燃～，照亮～

- There is an old English song called "You **Light**
  Up My Life."

　有首英文老歌叫「你照亮我的生命」。

like	[laɪk]	v.t. 喜歡～　　prep. 像～

- Mary **likes** the doll very much and wants to buy it.

　瑪莉非常喜歡那個洋娃娃，並希望能夠買下它。

- Susan **likes** to go shopping on weekends.

　蘇珊喜歡在週末的時候去逛街。

- The boy looks so much **like** his father.

　這個男孩看起來好像他爸爸。

line	[laɪn]	n. [C] 線；列，排；（詩文的）行
		v.i. 排隊

- The **line** between good and evil is not always
  clear.　善與惡之間的界線並不總是清楚明顯的。

- There is a long **line** of people waiting in front of the restaurant.

  這間餐廳前面有一長排的人在等著。

- Sean wrote some **lines** on a piece of paper.

  尚恩在一張紙上寫下了幾行詩。

★ line up 排隊

- We should **line** up when getting on the bus.

  我們上公車時應該排隊。

---

lion [ˋlaɪən] *n.* [C] 獅子

- **Lions** and tigers are the most dangerous animals in the zoo.

  獅子和老虎是動物園裡最危險的動物。

---

lip [lɪp] *n.* [C] 嘴唇（通常用複數，因為有上下兩片）

- The man kissed the woman on the **lips**.

  那男人親吻了女人的嘴唇。

---

list [lɪst] *n.* [C] 名冊，清單

v.t. 把～編入目錄

- Could you give me the **list** of the students?

  你可以把學生名冊給我嗎？

- The teacher wrote down the name of the student in the **list**.　老師在名冊裡寫下這個學生的名字。

- Mother **listed** the things she wanted to buy on a

154

piece of paper.

媽媽把她想買的東西在紙上列成清單。

listen [ˈlɪsn̩] *v.i.* 聽，仔細聽；聽從

- **Listen**! There is a strange noise outside.

  聽！外面有一個怪聲。

★ listen to music　聽音樂

- I always **listen** to music when I study.

  我總是邊唸書邊聽音樂。

★ listen to + N　聽從～

- Be sure to **listen** to what your teacher says in

  class.　務必聽從老師在課堂上所說的話。

little [ˈlɪtl] *adj.* 小的；少的，幾乎沒有的

　　　　　　　adv. 少

- This is my **little** sister; she is only three months

  old.　這是我小妹，她才三個月大而已。

- There is **little** rice left; it would not be enough for

  all of us.

  只剩下很少的米了，這不夠我們全部的人吃。

- Ron eats **little** in order to be thin.

  為了要變瘦，朗吃得很少。

★ little by little 逐漸地

- Ben ate more and more and grew fat **little** by

  little.　班吃得越來越多，所以逐漸地變胖了。

L

注意

原級	比較級	最高級
little [ˋlɪtl̩]	less [lɛs]	least [list]

---

live [lɪv]   *v.i.* 居住；活著 ↔ **die**；過～生活

    [laɪv]   *adj.* 實況轉播的，現場的

- I was born in Taipei, but I have **lived** in Hsin-chu for ten years.

  我在台北出生，但是我住新竹已經十年了。

- Few people in the town **lived** after the fire.

  在火災之後，在那村子裡幾乎沒有人還活著。

★ live a + Adj + life   過著～的生活

- The old man **lives** a simple life in the mountain.

  那個老人在山中過著簡樸的生活。

- Ted watched a **live** baseball game last Sunday.

  泰德上星期日看了一場實況轉播的棒球賽。

---

living room   *n.* [C] 客廳

[ˋlɪvɪŋ͵rum]

- Jack is watching TV in the **living room**.

  傑克正在客廳裡看電視。

---

lonely   [ˋlonlɪ]   *adj.* 孤單的，寂寞的

- Joe feels **lonely** for there is no one he can talk to.

  喬覺得寂寞，因為沒人可以跟他說話。

- Joan has been feeling **lonely** since her pet dog got

L

lost.

自從瓊的寵物狗失蹤之後，她一直覺得很孤單。

| long | [lɔŋ] | *adj.* (距離)長的，遠的 ↔ **short**；(時間) 長久的 |

- Cheer up. We have still a **long** way to go.
  振作起來。我們還有很遠的路要走呢。

- **Long** time ago, there was a witch living in the
  forest.　很久以前有一個巫婆住在森林裡。

| look | [lʊk] | *v.i.* 看；看起來～；注意，留神 |

- **Look**! There is an airplane flying high.
  看！有架飛機在高處飛翔。

★ look at + N　看著～

- Please **look** at me when I am talking to you.
  當我在跟你說話時，請看著我。

- Jack **looked** very sad after he knew his grades in
  math.
  傑克知道自己的數學成績後，看起來很難過。

★ Look out!　小心！注意！

- **Look** out! There is a car coming.
  小心！有輛車過來了。

★ look for + N　尋找～

- I am **looking** for my blue T-shirt. Did you see it?
  我正在找我的藍色 T 恤。你有看到它嗎？

L

★ look forward to + <u>N/V-ing</u>　盼望～
- We **look** forward to your coming every day.
  我們每天都盼望著你的到來。

★ look up + N　查詢～
- You can **look** up the new words in the dictionary.
  你可以在字典裡查這些新字。

---

lose　　　[luz]　　*v.t. v.i.* 輸～ (～, lost, lost)
　　　　　　　　　　　　v.t. 遺失～，把～弄丟了
　　　　　　　　　　　　v.t. 失去～，喪失～ ↔ **get**

- The Lakers **lost** the game by only two points.
  湖人隊以兩分之差輸了那場比賽。。
- Winnie **lost** her ring when she went shopping
  yesterday.
  維妮昨天去逛街的時候，把她的戒指弄丟了。
- I don't want to **lose** you; please give me a chance
  to make it up.　我不想失去你。請給我補償的機會。

★ lose (one's) weight　減肥
- Matthew is too fat now so he wants to **lose** (his)
  weight.　馬修現在太胖了，所以他想要減肥。

---

loud　　　[laud]　　*adj.* 大聲的，響亮的
　　　　　　　　　　　　adv. 大聲地，響亮地

- The kids outside made a **loud** noise so I could not
  sleep well.　在外面的小孩子製造很大聲的噪音，

所以我睡不好。

- We should not speak **loud** in the library.
  我們在圖書館裡不該大聲說話。

| love | [lʌv] | *v.t.* 愛，喜愛 ↔ **hate** |
| | | *n.* [U] 愛 |

- All parents **love** their kids no matter they are good or bad.
  所有父母都愛自己的小孩，無論他們是好是壞。

- My **love** for you will never change. Let's get married.
  我對妳的愛永遠不會改變。我們結婚吧。

★ fall in love with sb.　愛上～

- The pretty girl fell in **love** with the handsome young man.
  那漂亮的女孩愛上了那英俊的年輕人。

L

| low | [lo] | *adj.* （位置）低的 ↔ **high**；（在量、價值等方面）低的，少的；（聲音）低沈的；低聲的 |
| | | *adv.* （位置）低地，向下地 |

- Water flows from high places to **low** places.
  水從高的地方往低的地方流。

- I bought lots of books at **low** prices.
  我買了一大堆廉價的書。

159

- He spoke to me in a **low** voice so that others couldn't hear him.

  他低聲地對我說話，所以其他人聽不到他說話。

- The plane flew **low** and then landed in the airport.

  飛機低飛，然後降落在機場。

---

lucky [`lʌkɪ] *adj.* 幸運的 ↔ **poor**

- You are **lucky** to have so many good friends.

  你能擁有這麼多好朋友真是幸運。

---

lunch [lʌntʃ] *n.* [C][U] 午餐

- What will we have for **lunch** today? Rice or noodles?　我們今天午餐要吃什麼？飯還是麵？

★ lunchbox　便當

- I have two sandwiches and a banana in my **lunchbox**.

  我的便當裡有兩個三明治和一根香焦。

machine	n. [C] 機器
[mə`ʃin]	

· I am a human, not a **machine**. I can't work around the clock.

　我是人，不是機器。我不能日以繼夜的工作。

★ washing machine　洗衣機

　vending machine　自動販賣機

　answering machine　電話答錄機

magic	n. [U] 魔法，魔術；魔力，魅力
[`mædʒɪk]	adj. 魔術的，有魔力的

· I have no **magic**, so I can't go back to the past.

　我並沒有魔法，所以我無法回到過去。

· The **magic** of love can make a wise man stupid.

　愛情的魔力可以讓一個聰明人變笨。

· The fairy turned the cat into a lion with her **magic** wand.　仙女用她的魔杖把那隻貓變成了老虎。

mail	[mel]	n. [C][U] 郵件，信 = letter
		n. [U] 郵遞　v.t. 郵寄 = send

★ mailbox　郵件信箱

· There is no new **mail** in my mailbox.

　在我的郵件信箱裡沒有新信。

· Please send the letter by air **mail** for me.

　請幫我用航空郵遞寄這封信。

M

- Would you please **mail** these packages for me? Thank you.

  可以請你幫我郵寄這些包裹嗎？謝謝。

| **mailman** | *n.* [C] 郵差 |
| [ˋmel͵mæn] | = **mail carrier** [ˋmel͵kærɪr] |

- Abel is a **mailman**; it is his job to send letters.

  亞伯是個郵差，他的工作是遞送信件。

注意

mailman 是美式用法，英式英文則是慣用 postman [ˋpostmən]。

| **make** | [mek] | *v.t.* 做；使得，讓（使役動詞）；使成為～；賺取 |
| | | (～, made, made) |

- Grace **made** a cake by herself for her mom's birthday.

  葛蕾絲為了媽媽的生日自己做了一個蛋糕。

★ be made of + N 由～製成

- The window is **made** of glass.

  那窗戶是由玻璃製成。

- The sad movie **made** a lot of people cry.

  這部哀傷的電影讓許多人哭泣。

注意

make 當「使役動詞」時，後面加動詞或形容詞。

- Cindy's interest in singing **made** her a singer.

辛蒂對歌唱的興趣使她成為一名歌手。

· Bruce **makes** twenty five thousand dollars a
  month. 布魯斯一個月賺兩萬五千塊錢。

man	[mæn]	n. [C] 男人 ↔ **woman**；人 (**men** [mɛn]) n. [U] 人類

· The **man** saved his wife and kids from the fire.
  那男人從火災現場中救出他的妻子和孩子。

· In the history of **man**, this kind of thing happens
  again and again.
  在人類歷史中，這類的事情一再地發生。

many	[`mɛnɪ]	adj. 許多的（後接 n. [C]）

· I can't talk to you now. I have **many** things to do.
  我現在不能和你說話。我有很多事情要做。

注意

many、much 及 a lot of 都作「許多的」解，但 many 後面一律
接可數名詞；much 後面則一律接不可數名詞；而 a lot of 後面
可以接可數名詞也可接不可數名詞。

原級	比較級	最高級
many [`mɛnɪ]	more [mor]	most [most]

map	[mæp]	n. [C] 地圖

· You should bring a **map** with you or you might
  get lost.
  你應該隨身帶著一張地圖，不然你可能會迷路。

M

★ read a map 看地圖

- You'll find the park if you know how to read the **map**.　如果你懂得看地圖的話，就找得到公園。

March [mɑrtʃ]　*n.* [U][C] 三月

- The bookstore opened in **March** 2001.
那家書店於 2001 年的三月開始營運。

---

mark [mɑrk]　*n.* [C] 記號，符號；成績
　　　　　　　　v.t. 做記號於～，標明～

- The fire left a **mark** on his body.
那次火災在他身上留下了記號。

- The toy was **marked** for kids over five years old.
這玩具上標明了適用於五歲以上的兒童。

- Peter got high **marks** on the math test yesterday.
彼得昨天數學測驗考了高分。

---

market　*n.* [C] 市場，市集
[`mɑrkɪt]

- Mother went to the **market** to buy some eggs and
beef.　媽媽到市場去買了一些雞蛋和牛肉。

★ a night market　夜市

- You can eat all kinds of delicious food in the night
markets.　在夜市你可以吃到各種美味的食物。

---

married　*adj.* 結婚的，已婚的
[`mærɪd]

- Linda is **married** and has two kids.
  琳達已婚，而且有兩個孩子。
★ get married with sb.　和某人結婚
- Amy got **married** with the man she loved last
  month.　艾咪上個月和她所愛的男人結婚了。

| math | [mæθ] | *n.* [U] 數學 |
| | | = **mathematics** [ˌmæθəˈmætɪks] |

- Kids learn how to count numbers in the **math**
  class.　孩子們在數學課學數數字。

---

matter [ˈmætɚ]　*n.* [C] 事情，問題

- I'll finish the work. It's just a **matter** of time.
  我會把工作完成的。這只是時間的問題。
★ as a matter of fact　事實上，實際上
- As a **matter** of fact, he is not as smart as he looks.
  實際上，他並沒有他看起來這麼聰明。
★ no matter how/who/what/where/when
  無論如何／誰／什麼／哪裡／何時
- No **matter** how hard he tried, he could not win the
  game.　無論他多努力嘗試，還是無法贏得比賽。
- No **matter** what you say, I would not change my
  mind.　無論你說什麼，我都不會改變我的心意。

| may | [me] | *aux.* 可能（過去式：**might** |
| | | [maɪt]）；可以；祝，願 |

M

- It **may** rain tomorrow, but I'm not sure.

  明天可能會下雨，但我不確定。

- I've put on my clothes. You **may** enter now.

  我已經穿好衣服，你可以進來了。

- **May** you have a good day.　祝你有愉快的一天。

| May | [me] | n. [U][C] 五月 |

- Mary will go to Hong Kong next **May**.

  瑪麗明年五月要去香港。

| maybe | [ˋmebɪ] | adv. 大概，可能 = perhaps |

- It looks cold outside. **Maybe** I should put on the

  jacket.　外面看起來很冷，也許我該穿上外套。

| meal | [mil] | n. [C] 一餐，餐點 |

- Most people have three **meals** a day.

  大部分人一天都吃三餐。

- My dad took us to a nice restaurant to enjoy a big

  meal.

  我爸爸帶我們去一家很好的餐廳，享用一頓大餐。

| mean | [min] | v.i. 意指 (~, meant, meant) |
| | | adj. 小氣的，吝嗇的 |

- I'm sorry. I didn't **mean** to hurt you.

  對不起。我並不是有意要傷害你。

- Mr. Chang is so **mean** that no one can get a cent

  from him.

張先生很小氣，沒有人能從他那兒得到一分錢的。

---

meat　　　　[mit]　　*n.* [U] 肉

- Some animals like tigers and lions eat **meat** only.

  有些動物，像是老虎和獅子，是只吃肉的。

---

medicine　　　　*n.* [C][U] 藥，藥物

[ˋmɛdəsṇ]

- This **medicine** doesn't work on me. I don't feel

  better at all.

  這藥對我沒有作用。我一點也不覺得比較好。

★ take (the) medicine　服藥，吃藥

- If you want to get better, you must take **medicine**

  on time.

  如果你想身體好轉，就一定要按時吃藥。

---

medium　　　　*adj.* 中間的，適中的；中等熟度

[ˋmidɪəm]　　　　的

- The shirt is too small. Please give me a **medium**

  one.　這件襯衫太小了。請給我一件中號的。

- Please give me a beef hamburger and a **medium**

  coke.　請給我一個牛肉漢堡和一杯中杯可樂。

- "How would you like your steak?" "**Medium**."

  「您牛排要幾分熟？」「五分熟。」

注意

排餐熟度分為：well done（全熟）、medium well（七分熟）、

M

167

medium（五分熟）、medium rare（三分熟）、rare（生的）。

meet [mit] *v.t.* 遇見；碰面（～, met, met）

· I **met** my high school teacher by chance yesterday.
  我昨天意外地遇見我的高中老師。

· I'll **meet** you in the park at 3 p.m. Don't be late.
  我下午三點在公園跟你碰面，別遲到了。

meeting *n.* [C] 會議，集會
[`mitɪŋ]

· The boss cannot see you now. He is at a **meeting**.
  老闆現在不能見你，他正在開會。

menu [`mɛnju] *n.* [C] 菜單

· This is the **menu**. You can order anything you
  want to eat.
  這是菜單，你可以點任何你想吃的東西。

mile [maɪl] *n.* [C] 英里，哩

· The hospital is ten **miles** away from here.
  醫院離這裡有十英里之遠。

milk [mɪlk] *n.* [U] 牛奶

· A glass of **milk** every morning is good for you.
  每天早上一杯牛奶對你有好處。

million *n.* [C] 百萬，百萬元
[`mɪljən] *adj.* 百萬的

· Ten thousand times one hundred is one **million**.

一萬乘以一百（一百的一萬倍）是一百萬。

★ millions of + N　　上百萬的～

· There are **millions** of books in the national library.
　在這個國家圖書館裡，有上百萬的書刊。

· There are more than two **million** people living in
　Taipei.　　有超過兩百萬的人住在台北。

| mind | [maɪnd] | *n.* [C] 主意，想法　　*v.t. v.i.* 介意 |

★ change one's mind　　改變主意

· I know what I have said but I change my **mind**
　now.　　我知道我說過什麼，但我現在改變主意了。

★ make up one's mind　　下定決心

· I've made up my **mind** to buy that game; don't try
　to stop me.
　我已下定決心要買那遊戲，別試著阻止我。

· I will sit here if you don't **mind**.
　如果你不介意，我就坐在這裡了。

· Do you **mind** opening the door for me?
　你介意幫我開個門嗎？

★ never mind　　別介意

· "I am so sorry for being late." "Never **mind**."
　「真的很抱歉我遲到了。」「不用介意。

注意

mind 當「介意」時，後面的動詞一律用 V-ing。

M

minute [ˈmɪnɪt]　　*n.* [C] 分鐘

- I can hold my breath for more than five **minutes**.
  我能憋住呼吸超過五分鐘。

★ in a minute　一會兒

- Don't talk. The teacher will come back in a
  minute.　不要說話。老師一會兒就回來了。

---

miss　　　[mɪs]　　*n.* [C] 小姐（首字母大寫）

　　　　　　　　　　v.t. v.i. 錯過 ↔ **catch**；未擊中

　　　　　　　　　　v.t. 想念

- I want to see **Miss** Wu. Is she here?
  我想見吳小姐。她在這兒嗎？

- I **missed** the bus, so I was late for school.
  我錯過那班公車，所以我上學遲到了。

- I tried to hit the ball again but I still **missed** it.
  我再一次試著擊中球，不過我仍然沒打到。

- I **missed** my family so much when I studied in the
  U. S..
  當我在美國唸書的時候，我非常想念我的家人。

---

mistake　　　　　*n.* [C] 錯誤

[məˈstek]

- Find the **mistake** in this sentence and correct it.
  找出這句子中的錯誤並修正它。

★ make a mistake　犯錯

- Everybody makes **mistakes**, but you must learn from them.

  每個人都會犯錯，但你必須從錯誤中學習。

modern	*adj.* 現代的；時髦的
[`madə·n]	

- It is not easy to understand the **modern** art.

  要瞭解現代藝術並不容易。

- Girls like to spend money on new **modern** clothes.　女孩子們喜歡把錢花在時髦新裝上。

moment	*n.* [C] 時刻，片刻
[`momənt]	

- All the tests are over; now it's the **moment** to have fun.

  所有的考試已結束，現在該是歡樂的時刻了。

★ at any moment　隨時

- The sky is dark; it could rain at any **moment**.

  天色陰暗，隨時都可能會下雨。

★ wait a moment　等一下

- Please wait a **moment**. The show will begin in minutes.

  請稍待片刻。表演幾分鐘之內就要開始了。

Monday	*n.* [U][C] 星期一
[`mʌnde]	

M

171

- Don't forget to hand in your homework on
  Monday. 別忘記星期一要交你的作業。

money [ˈmʌnɪ]   *n.* [U] 錢，金錢

- If I had a lot of **money**, I would travel around the
  world.

  如果我有很多錢，我就會去世界各地旅遊。

★ lose money   賠錢；輸錢

- It is common to lose **money** when doing business.

  做生意時賠錢是很平常的。

★ make money   賺錢

- Sam makes lots of **money** by selling computers.

  山姆賣電腦賺了很多錢。

monkey   *n.* [C] 猴子

[ˈmʌŋkɪ]

- **Monkeys** love bananas and are good at climbing
  trees.   猴子愛吃香蕉且擅長爬樹。

month [mʌnθ]   *n.* [C] 月

- There are twelve **months** in one year.

  一年總共有十二個月份。

moon   [mun]   *n.* [C] 月亮

- Don't point your finger at the **moon**, or your ears
  would be cut.

  不要用手指月亮，否則你的耳朵會被割到。

M

★ moon cake　月餅
- We eat **moon** cakes on the **Moon** Festival.
  我們在中秋節吃月餅。

| more | [mor] | *adj.* 更多的 ↔ **less** |
| | | *adv.* 更，更加 |

- I can't finish the job in one hour; I need **more**
  time.　我無法在一小時內完成這項工作，我需要
  更多時間。
- It is **more** convenient to take the MRT than to
  take the bus.　搭捷運要比搭公車來得更加方便。

★ more...than...　比起～更～
- May is **more** interested in movies than in TV
  programs.
  跟電視節目比起來，梅對電影更感興趣。

★ more and more　越來越～
- Susan becomes **more** and **more** beautiful in these
  years.　蘇珊這幾年來變得愈來愈漂亮。

| morning | *n.* [C][U] 早上 |
| [`mɔrnɪŋ] | |

- Amy likes to go jogging before breakfast every
  morning.
  艾咪喜歡每天早上吃早餐以前先去慢跑。

★ Good morning.　早安。

- Mother said "good **morning**" to me when I woke up. 媽媽在我起床的時候，向我道了聲「早安」。

| most | [most] | *adj.* 大部分的；最多的 ↔ **least** |
| | | *adv.* 最 |

- **Most** students hate tests and love holidays.
  大部分的學生都討厭考試，喜歡放假。
- Michael got the **most** points in the game; he was the winner.
  邁克在比賽中得到最多分數，他是勝利者。
- You are the **most** beautiful woman I have ever met. 你是我見過最美麗的女人

| mother | *n.* [C] 媽媽 = **mom** [mɑm] |
| [`mʌðɚ`] | = **mommy** [`mɑmɪ`] |

- My **mother** met my father when she was twenty.
  我媽媽在她二十歲的時候，遇到了我爸爸。

| motorcycle | *n.* [C] 摩托車，機車 |
| [`motɚ,saɪkļ`] | |

- Before eighteen years old, you could not ride a **motorcycle**.
  在你滿十八歲之前，你不能騎摩托車。

| mountain | *n.* [C] 山，山脈 |
| [`maʊntņ`] | |

- I like to go **mountain** climbing on Sundays.

我喜歡在禮拜天去爬山

| **mouse** [maʊs] | *n.* [C] 老鼠；滑鼠 (**mice** [maɪs]) |

- My cat likes to run after **mice**.
  我的貓喜歡追老鼠。
- It is easy to use the computer with the **mouse**.
  用滑鼠操作電腦非常簡單。

| **mouth** [maʊθ] | *n.* [C] 嘴 |

- Open your **mouth**. I must check your teeth.
  張開你的嘴巴。我得檢查一下你的牙齒。

| **move** [muv] | *v.t.* 移動　*v.i.* 搬家 |

- The man is badly hurt; you had better not **move** him.　這個人受傷嚴重，你最好不要移動他。
- Kelly **moved** to New York and began a new life there.　凱莉搬到紐約，在那裡開始新的生活。

| **movie** [`muvɪ] | *n.* [C] 電影 |

- My dream is to become a **movie** star like Harrison Ford.
  我的夢想是成為像哈里遜·福特一樣的電影明星。
★ see a movie　看電影
- Jimmy asked the girl he liked to see a **movie** with him.　吉米邀請他喜歡的女生和他去看電影。

| **Mr.** [`mɪstɚ] | *n.* 先生 = **Mister** [`mɪstɚ] |

- **Mr.** Wang is my neighbor.　王先生是我的鄰居。

M

Mrs. [ˋmɪsɪz] *n.* 太太

· **Mrs.** Lin loves children very much.

林太太很喜歡小孩。

Ms. [mɪz] *n.* 小姐 = **Miss** [mɪz]

· "Glad to see you, **Ms.** Yang."

很高興見到您，楊小姐。

---

much [mʌtʃ] *adj.* 許多的（後接 *n.* [U]）

adv. 非常，太

pron. 許多，大量

· Jack is rich and he makes **much**/lots of money.

傑克很富有，他賺很多錢。

· Don't eat too **much**, or you will get fat.

不要吃太多，否則你會變胖。

· **Much** of the water was drunk by Tom.

許多的水都被湯姆給喝掉了。

注意

原級	比較級	最高級
much [mʌtʃ]	· more [mor]	most [most]

museum *n.* [C] 博物館

[mjuˋziəm]

· We could see many famous art works in the

museum.

在博物館裡，我們可以看到許多著名的藝術作品。

music [`mjuzɪk]　　*n.* [U] 音樂

- What kind of **music** do you like?

  你喜歡哪一種音樂？

★ listen to music　　聽音樂

- I like to listen to **music** when I study.

  我喜歡在唸書時聽音樂。

---

must　　[mʌst]　　*aux.* 必須 = **have to**（表示命令、必要或強制）；一定是，八成是（表示肯定推測）

- You **must**/have to clean your room, or mom will be angry.

  你一定要打掃你的房間，不然媽媽會生氣的。

- If Liz is not home, she **must** be in the movie theater.　　如果麗芝不在家，她八成就是在電影院。

注意

must 為「助動詞」，後面一律接「原形動詞」。

M

177

name [nem]   n. [C] 名字   v.t. 命名，取名字

- My **name** is Edward. What is yours?
  我的名字叫愛德華，你的呢？

★ name after sb.   依照（某人的名字）～命名

- The little baby was **named** after his grandfather.
  這小寶寶被取了跟他爺爺一樣的名字。

national   adj. 國家的，全國性的
[ˈnæʃənḷ]

- You can find New York city on the **national** map
  of the U.S.
  你可以在美國的國家地圖上找到紐約市。

★ national holiday   國定假日

- We don't have to work on **national** holidays.
  國定假日我們不必去工作。

near [nɪr]   prep. 在～附近
                      adv. 附近，接近
                      adj. 附近的，接近的

- I live **near** the park and usually take a walk there.
  我住在公園附近，所以常去那裡散步。

- Nancy came **near** to me and kissed me on the
  face. 莭西向我靠近，然後在我臉上親了一下。

- Could you buy me some drinks in the **near** shop?
  你能幫我到附近的店買些飲料嗎？

neck	[nɛk]	n. [C] 脖子

· Does a snake have a **neck**? 蛇有脖子嗎？

need	[nid]	v.t. 需要
		n. [U][C] 需要，需求

· I **need** some eggs and milk to make a cake.
  我需要一些雞蛋和牛奶來做蛋糕。

· People have a **need** to love and to be loved.
  人們有愛及被愛的需求。

★ in need 在窮困中的

· Everybody should care about those in **need**.
  每個人都應該關心那些在窮困中的人。

never	[ˋnɛvɚ]	adv. 從未；絕不；不要，別

· I have **never** seen this man before. I don't know
  him. 我以前從未見過這個人。我不認識他。

· I will **never** do anything to hurt you.
  我絕不會做出任何會傷害你的事。

· **Never** put your dirty clothes on my white sofa.
  不要把你的髒衣服放在我的白色沙發上。

new	[nju]	adj. 新的 ↔ old；新加入的，新
		任的；不熟悉的，陌生的

· My shoes are old; I need to buy a **new** pair (of
  shoes). 我的鞋子舊了，我得去買雙新的。

· Lilly is a **new** student, so we don't know much

179

about her.

莉莉是新學生，所以我們對她所知不多。

★ be new to sb. 對～而言是陌生的

· Pan just moved here and everything is **new** to her.

潘才搬來這兒，所以每樣東西對她而言很陌生。

---

news [njuz] *n.* [U] 新聞；消息

· You can read the hottest **news** about NBA on the Internet.

你可以在網路上看到有關 NBA 的最熱門新聞。

★ in the news 上了新聞

· The new husband of that singer was in the **news**.

那名歌手的新老公上了新聞。

---

next [nɛkst] *adj.* 接下來的，緊接在後的；緊鄰的，隔壁的

adv. 接下來，然後

· **Next** weekend, my best friend will get married.

下個週末，我最要好的朋友就要結婚了。

· The wall is thin and the voice from the **next** room is very clear.

牆壁很薄，所以隔壁房間的聲音非常清楚。

★ next to + N 緊鄰著～

· Tina's seat in the classroom is **next** to Jane's.

蒂娜在教室的位子就在珍的旁邊。

- The poor little girl got lost and didn't know what to do **next**.

  可憐的小女孩迷了路，不知道接下來怎麼做。

---

nice	[naɪs]	*adj.* 極好的；好心的，親切的；(天氣) 宜人的

- **Nice** to meet you. How have you been these days?

  見到你真好。最近你過的如何呀？

- It is **nice** of you to help me carry this big box.

  你真是好心，幫我搬這個大箱子。

- The weather is so **nice** that everyone wants to go outside.

  天氣如此宜人，以致於每個人都想出門。

---

night	[naɪt]	*n.* [C][U] 晚上，夜晚

- I couldn't sleep all **night**, because I was worried about my sick grandma.

  我整夜都睡不著，因為我擔心著生病的祖母。

★ at night　在晚上

- It is late at **night**; kids should not play outside.

  現在已經晚上很晚了，小孩子不該還在外面玩。

★ Good night.　晚安。

- The mother kissed her baby and said good **night** to her.

  那名母親親了親她的寶寶，並向她道了晚安。

181

| **nine** | [naɪn] | *adj.* 九的；九個的 |
| | | *n.* 九 |

- There are **nine** players on a baseball team.
  一個棒球隊有九個球員。
- Tom usually gets up at **nine** o'clock on Sunday morning.　星期六早上湯姆通常在九點起床。

| **nineteen** | | *adj.* 十九的；十九個的 |
| [naɪn`tin] | | *n.* 十九 |

- It is **nineteen** minutes past ten in the morning.
  現在是早上十點十九分。
- At the age of **nineteen**, Lisa went to London.
  在十九歲時，麗莎去了倫敦。

| **ninety** | [`naɪntɪ] | *adj.* 九十的；九十個的 |
| | | *n.* 九十 |

- I got **ninety** points on the English test.
  我在英文考試得了九十分。
- Mr. Hong lived to be **ninety**.
  洪先生活到九十歲。

| **ninth** | [naɪnθ] | *adj.* 第九的　*n.* 第九 (the ~) |

- This Monday is Lily's **ninth** birthday.
  這星期一是莉莉九歲的生日。
- We will move to Taichung on the **ninth** of this July.　今年七月九日我們會搬到台中。

no	[no]	*adj.* 沒有；絕不是；禁止
		adv. 不
		n. [U][C] 不

- Jimmy has **no** friends in his class.
  吉米在他班上沒有朋友。
- Ken is **no** fool.　肯絕不是傻瓜。
- **No** fishing in this park, please.
  對不起，這個公園禁止釣魚。
- "Do you need more water?" "**No** thanks."
  「你還需要水嗎？」「不，謝了。」
- Say "**NO**" to drugs.　向毒品說「不」。

| nobody | *pron.* 沒有人 |
| [`no͵bɑdɪ] | *n.* [C] 小人物，無足輕重的人 |

- I thought somebody would do the job, but **nobody**
  did.　我以為有人會做這個工作，但卻沒有人做。
- Of course you never heard of me. I am just a
  nobody.　當然你沒有聽過我，我只是個小人物。

| nod | [nɑd] | *v.t. v.i.* 點頭　*n.* [C] 點頭 |

★ nod at/to sb.　向～點點頭

- My boss **nodded** to me when I said hello to him.
  當我跟老闆打招呼時，他對我點頭。
- My uncle welcomed us with a friendly **nod**.
  我叔叔友善地點頭以表示歡迎。

183

noise [nɔɪz] *n.* [C][U] 噪音，喧鬧聲

· I couldn't sleep because of the **noise** outside.

因為外面的噪音，我無法睡覺。

★ make noise 製造噪音

· Don't make any **noise** in the library.

在圖書館不要製造任何噪音。

noodle [ˋnudl] *n.* [C] 麵，麵條

· What kind of food do you love most? Rice,
noodles or steaks?

你最喜歡吃哪種食物？米食、麵食、還是排餐？

★ instant noodles 泡麵

· When I am hungry at midnight, I would eat instant
noodles. 我半夜肚子餓的時候，都會吃泡麵。

noon [nun] *n.* [U] 正午，中午

· All ice creams are sold out before **noon** for the hot
weather.

因為天氣炎熱，所有冰淇淋中午前賣光了。

★ at noon 在中午，在正午

· It is the hottest hour at **noon**.

正午是最熱的時間。

north [nɔrθ] *n.* [U] 北，北方
adj. 北的，北方的
adv. 在北方，向北方

- Some say that a house should sit in **north** and face the south.　有人說房子應該座北朝南。
★ North Pole　北極
- Polar bears only live in the **North** Pole.
  北極熊只生活在北極。
- You should drive **north** if you want to go to Keelung.
  如果你想去基隆，（你的車）就應該朝北方開。

nose	[noz]	*n.* [C] 鼻子

- Judy is a beauty with bright eyes, thin lips and a high **nose**.　茱蒂是一個有著明亮雙眼、薄薄嘴唇和高挺鼻子的美人兒。
★ pick one's nose　挖鼻孔
- Don't pick your **nose** in public.
  別當眾挖你的鼻孔。
★ have a stuffed-up nose　鼻塞
　have a running nose　流鼻涕，流鼻水
　blow one's nose　擤鼻涕

not	[nɑt]	*adv.* 不是

- You are **not** a nine-year-old kid any more.
  你不再是九歲小孩了。

notebook	*n.* [C] 筆記本；筆記型電腦
[`not,buk]	

185

- I wrote down what the teacher said in my **notebook**.　我把老師說的話寫在我的筆記本裡。
- **Notebooks** are easier to carry than desktop computers.

  筆記型電腦比桌上型電腦更方便隨身攜帶。

---

nothing　　　　　*n.* [U] 沒有東西，沒有事情

[ˈnʌθɪŋ]

- **Nothing** can stop Mary from going to New York to study art.

  沒有什麼事能阻擋瑪莉去紐約學習藝術。

★ have nothing to do with + N　與～無關

- I have **nothing** to do with that man; I don't even know him.

  我跟那個人完全無關，我甚至不認識他。

---

notice　[ˈnotɪs]　　*v.t.* 注意

　　　　　　　　　　　　n. [U] 注意　*n.* [C] 公告，通知

- The teacher has **noticed** that Gina is a little strange today.　老師注意到吉娜今天有一點奇怪。
- The boy took away the watch without anyone's **notice**.

  那男孩在無人注意到的情況下，拿走了那隻錶。

- A **notice** before the restaurant says, "No Smoking!"

那家餐廳外有個公告寫著:「禁止吸煙」。

November   *n.* [U][C] 十一月

[no`vɛmbɚ]

· Thanksgiving falls on the last Thursday of
November.   感恩節在十一月的最後一個星期四。

---

now   [nau]   *adv.* 現在

· Sara is playing the piano in her room **now**.
莎拉現在正在房間裡彈鋼琴。

★ right now   立刻,馬上

· Hand in your paper right **now**, or you must stay
after school.
立刻交出你的報告,不然你放學後就得留下來。

★ just now   剛才;現在

· I got up just **now**; I still want to sleep.
我剛剛才起床,還好想睡喔。

· Mother is cooking just **now**, and later we can eat
dinner.
媽媽現在正在煮飯,待會兒我們就可以吃晚餐了。

---

number   *n.* [C] 數目,數字;第~號(縮

[`nʌmbɚ]   寫為 No.);號碼

· The **number** of students in our class is forty-two.
我們班上學生數是四十二個。

★ a number of   一些~

- There are only a **number** of restaurants open on Sundays.　禮拜天只有一些餐廳開門營業。
- Julia lives at **No.** 358, Chung Hsiao East Road, Section 3.　茱莉亞住在忠孝東路三段 358 號。
- Please remember that my phone **number** is 02-8765-4321.

  請記住我的電話號碼是 02-8765-4321。

---

nurse　[nɝs]　*n.* [C] 護士

- As a **nurse**, Amy's job is to take care of patients.

  身為一個護士，艾咪的工作就是去照顧病人。

o'clock [ə`klɑk] *adv.* ～點鐘

- The TV show will start at 7 **o'clock**; I won't miss it. 那電視節目七點鐘開始，我不會錯過它的。

October [ɑk`tobə] *n.* [U][C] 十月

- Julia will be back from France this **October**.
  茱莉亞會在今年十月從法國回來。

of [əv; 重讀 ɑv] *prep.* ～的；～之中的；離～

- I don't know the name **of** the flower.
  我不知道那朵花的名稱。
- All **of** us went fishing yesterday.
  我們昨天全都去釣魚了。
- Our school is about 5 km south **of** Taipei.
  我們學校在離台北南方 5 公里處。

off [ɔf] *adv.* 切掉，關掉；離開，走開
　　　　　　　prep. 折價

★ turn off　關掉
- Please turn **off** the light when you leave the room.
  你要離開房間時，請把燈關掉。
- Sam went **off** without saying goodbye to us.
  山姆沒有跟我們道別就走了。
- These books are forty percent **off**; I think they are very cheap. 這些書打六折，我覺得很便宜。

O

189

注意

中文跟英文打折的說法不同，英文說 thirty percent off 是指將
售價減去原售價的百分之三十，也就是中文所說的「打七折」。

office	[ˋɔfɪs]	*n.* [C] 辦公室

· The boss asks us not to talk too loud in the **office**.
  老闆要我們在辦公室講話不要太大聲。

officer	[ˋɔfəsɚ]	*n.* [C] 警官；軍官；官員

· The little boy wants to be a police **officer** when he
  grows up.　這個小男孩長大之後想當一名警官。

often	[ˋɔfən]	*adv.* 常常

· Ryan is good at math and he **often** gets high
  grades in the tests.
  雷恩數學很好，他常在考試中得到高分。

oil	[ɔɪl]	*n.* [U] 油（泛指各種油）；汽油

· There is some **oil** on the floor. You had better
  clean it.　地板上有些油。你最好把它清乾淨。

· My car is running out of **oil**, so I must go to the
  gas station.
  我的車子沒油了，所以我得去一趟加油站。

OK	[oˋke]	*adj.* （口語）可以的；很好的
		= O.K. = okay
		adv. （口語）好的，可以

· It would be **OK** to meet you at noon; I will be free

then.　中午可以見你，那時候我有空。

- The plan is **OK** with me. I don't have any
  problem.　這計畫我覺得很好。我沒有任何問題。

- "Do you want to see a movie tonight?"
  "**OK**, let's meet at 7:00 p.m."
  「你今天晚上想看電影嗎？」
  「好，我們就約晚上七點碰面吧。」

---

old	[old]	*adj.* ～歲大的；老的 ↔ **young**； 舊的 ↔ **new**；多年的；古代的

- "How **old** are you?" "I am twenty-eight years
  old."　「你幾歲？」「我二十八歲。」

- My grandpa is eighty, and he is too **old** to live by
  himself.
  我爺爺八十歲了，他已老的無法靠自己生活了。

- Your shoes look very **old**; I think you should buy
  a new pair.
  你的鞋子看起來好舊，我想你該買雙新鞋了。

- Ray is my **old** friend; I've known him for twenty
  years.
  雷是我多年的朋友，我已認識他二十年了。

- In the **old** days, there were no telephone or
  Internet.　在古時候，沒有電話也沒有網際網路。

---

on	[ɑn]	*prep.* 在～上；在～之日；在～

191

O

| 情況下；在～的一側 |
| *adv.* 穿戴～；搭上～；運轉 |

- There is a bee **on** your shoulder.
  你的肩膀上有一隻蜜蜂。

- There is only one hospital **on** the small island.
  在那座小島上只有一家醫院。

- I will give you a very special present **on** your birthday.
  在你的生日，我將會給你一個很特別的禮物。

★ on fire　失火的

- The apartment is **on** fire; luckily there is nobody in it.　那棟公寓失火了，所幸並沒有人在裡面。

★ on sale　廉售中，拍賣中

- Yes, these books are **on** sale. Do you want to buy some?　是的，這些書正在拍賣。你想買一些嗎？

- **On** hearing the good news, everyone was very excited.　聽到這個好消息時，每個人都很興奮。

- The town is **on** the other side of the river.
  市鎮在河的另外一側。

★ put on　穿戴上～

- It is cold; put **on** your coat if you want to go out.
  天氣很冷，如果你要出門，就穿上你的外套。

★ get on　搭上～（交通工具）

- We got **on** the school bus to go home.
  我們搭校車回家。

★ turn on　打開，使～運轉

- Turn **on** the light.　打開電燈。

---

once [wʌns] *adv.* 一次，一回

- I have been to London **once** several years ago.
  我幾年前去過倫敦一次。

★ once <u>more/again</u>　再一次

- Please tell me your name **once** more; I didn't hear just now.
  請再跟我說一次你的名字，我剛才沒聽到。

★ at once　立刻；馬上

- The house is on fire. Please call 119 at **once**.
  房子失火了，請馬上打一一九。

---

one [wʌn] *adj.* 一個的
　　　　　　 n. 一　*pron.* 一個～

- Please give me **one** hamburger and **one** small Coke.　請給我一個漢堡跟一杯小杯可樂。

- **One** and two are three.　一加二等於三。

★ number one　第一名，最棒的

- You won the game; you are number **one**.
  你贏得了比賽，你是最棒的。

- You are the only **one** who can help me.

你是唯一一個可以幫我的人。

★ one by one 一個（接）一個地

- The hungry boy ate all the cakes **one** by **one**
  without stop.
  那飢餓的男孩不停地把一個一個蛋糕吃光了。

| only | [ˋonlɪ] | *adj.* 唯一的 *adv.* 只，僅 |

- You are the **only** person I care about.
  你是我唯一關心的人。

- What I **only** want is to take a rest. I'm too tired.
  我想要的就只有休息，我太累了。

---

open	[ˋopən]	*v.t.* 打開 ↔ **close**
		v.t. v.i. 營業；開張
		adj. 開著的；營業中的

- Joe **opened** the door and let his friends come into
  the house.　喬打開門，讓他的朋友們進屋子。

- Mr. Chang **opened** a bookstore last year.
  張先生去年開了一家書店。

- The door is **open**; please come in.
  門是開著的（沒鎖），請進來。

- The department store is **open** from 11:00 a.m. to
  10:00 p.m.
  那家百貨公司從上午十一點營業到晚上十點。

| or | [ɔr] | *conj.* 或者；否則 |

- What do you want? Coffee, tea **or** juice?
  你想要什麼？咖啡、茶或是果汁？
★ either A or B　不是 A，就是 B
- Either you **or** I am wrong.
  不是你就是我錯了。
- Don't be late for school, **or** you'll miss the first
  class.　上學不要遲到，否則你會錯過第一堂課。

| orange | n. [C] 柳橙 |
| ['ɔrɪndʒ] | adj. 橙色的，橘黃色的 |

- I love juicy fruits, like **oranges**.
  我喜歡多汁的水果，像是柳橙。
- The **orange** belt goes well with the pink skirt.
  這條橘黃色的腰帶跟這粉紅色裙子搭起來很好看。

| order　['ɔrdɚ] | n. [U] 順序 |
| | v.t. 命令，指揮；點餐 |

★ in order　按順序
- Tim's room is so clean and everything is put in
  order.
  提姆的房間非常整齊，每樣東西都依次序擺放。
★ out of order　發生故障；雜亂的
- Since my car is out of **order**, I could only go to
  work by bus.
  既然我的車子故障，我也只能搭公車上班了。

195

- The doctor had **ordered** me to rest for a week.

  醫生囑咐我休息一星期。

- I'd like to **order** a steak and a salad. Thank you.

  我想點一客牛排跟一份沙拉，謝謝。

| other | [ˈʌðɚ] | *adj.* （兩者中）另一個，（三者以上）其餘的；其他的 |
| | | *pron.* 另一個，其餘的 |

- No **other** boy is as tall as Tom in my class.

  = Tom is taller than any **other** boy in my class.

  我班上沒有其他男孩子和湯姆一樣高。

  = 湯姆比我班上其他男孩子都高。

- I can not move this table; I need **other** people's help. 我搬不動這張桌子，我需要其他人幫忙。

★ in other words　換句話說

- I find a job; in **other** words, I can make money by myself.

  我找到工作了；換句話說，我可以靠自己賺錢了。

★ others = other + N　其餘的

- Jack is here. Where are all the **others**?

  = Jack is here. Where are all the **other** persons?

  傑克在這裏。那其他人呢？

| out | [aut] | *adv.* 外出；顯露；（用）完 |
| | | *adj.* 出局，出界 ↔ **safe** |

prep. 通過～出去

- "May I speak to Ken?"

  "He is **out** now. Could you call later?"

  「我可以跟肯說話嗎？」

  「他現在不在家，你可以晚點再打來嗎？」

- The moon came **out** after the rain stopped.

  雨停之後，月亮顯露了出來。

- Time is running **out**; you have to answer the

  question now.

  時間快用完了，你必須立刻回答這個問題。

- The baseball game is over after the third hitter is

  out.

  在第三位打者出局後，這場棒球比賽就結束了。

- I looked **out** the window and saw the garden.

  從窗戶看出去，我看到了花園。

outside	*n.* 外表，外部 ↔ **inside**
[ˋaʊtˋsaɪd]	*adj.* 外面的，外部的 ↔ **inside**
	adv. 在外面 ↔ **inside**

- The word on the **outside** of the package is not

  clear.　包裹外側的字不是很清楚。

- The **outside** wall of the school was painted white.

  學校的外牆被漆成白色。

- I hate to go **outside** on rainy days.

我討厭下雨天出門。

over	[ˋovɚ]	adj. 結束的
		adv. 再一次，重複地
		prep. 在～上面；超過；遍及

- The vacation is **over**, and we must go to school again.　假期結束了，我們又得去上學。
- Game **over**. = The Game is **over**.　遊戲結束。
★ over and over again　一次又一次地
- Bob tried **over** and **over** again to hit the other man but in vain.　鮑伯一次又一次地試著想打擊另一個人，但終究徒勞無功。
- The bridge **over** the river was great for lovers to take a walk.　河流上方這座橋很適合情人散步。
- You have studied **over** three hours; you should take a rest.
  你已經唸書超過三小時了，你應該休息一下。
★ all over + N　～到處都是
- Clean your room right now; the garbage is all **over** the ground.
  馬上清理你的房間，地板上到處都是垃圾。

| **own** | [on] | adj. 獨自的，自己的 |
| | | v.t. 擁有 |

★ of one's own　屬於自己的

- A teenager should have a room of <u>his/her</u> **own**.
  一個青少年應該有一個屬於自己的房間。
- ★ on one's own　獨力地
- Gary finished the job on his **own**.
  蓋瑞自己獨力完成了工作。
- The rich man **owns** several houses in Taipei.
  這有錢人在台北擁有好幾棟房子。

O

p.m. [ˋpiˋɛm] *abbr.* 下午

· I often watch the evening news at 7:00 **p.m.** when I eat dinner.

我吃晚餐時通常會看下午七點的晚間新聞。

---

pack [pæk] *n.* [C] 背包；(一) 包，(一) 捆

v.t. v.i. 打包

· Sam put all the things in his **pack** quickly and went outside. 山姆很快地把東西放進他的背包裡，然後就出門去了。

★ a pack of + Ns 一包～

· Leon used to eat **packs** of candies every day.
里昂以前習慣一天吃好幾包糖果。

· You have to take the airplane tomorrow morning, so don't forget to **pack** tonight.

你明天一早就得搭飛機，所以今晚別忘了要打包。

---

package *n.* [C] 包裹；(一) 包，(一) 捆

[ˋpækɪdʒ]

· "Jack sent a **package** to you and I put it on your desk." "Thanks."

「傑克寄了個包裹給你，我把它放在你桌上了。」

「謝啦！」

★ a package of + Ns 一包（裹）的～

· Quincy sent me a **package** of books from U.S. last

month. 昆西上個月從美國寄了一包裹的書給我。

---

page [pedʒ] *n.* [C] 頁

· Class, open the book to **page** thirty one.
同學們，把書翻到第三十一頁。

---

paint [pent] *v.t.* 用油漆塗以～顏色；畫～
n. [U] 顏料，油漆

· I **painted** the wall light yellow.
我把牆壁塗成淡黃色。

· The kid is **painting** a monkey on the paper.
那孩子正在紙上畫一隻猴子。

· Don't sit on the chair. The **paint** is still wet.
別坐在這張椅子上。油漆未乾。

---

pair [pɛr] *n.* [C] 雙，對，副

★ a pair of + Ns 一雙 / 對 / 副～

· My shoes are worn out. I need to buy a new **pair**
of ones. 我的鞋子穿壞了，我得去買一雙新的。

---

pants [pænts] *n.* 褲子

· Your coat goes well with the **pants**.
你的外套和褲子很搭。

注意

pants 較常見複數形式，只有當複合詞的第一要素時，才會出現
單數，如 pant legs (褲子的褲腳部分)。

---

paper [ˋpepɚ] *n.* [C] 紙；報紙；考卷，答案卷

201

★ a piece of paper　一張紙

- I need a piece of **paper** to take some notes.
  我需要一張紙記些筆記。

- My father likes to read **papers** when he eats
  breakfast.　我爸爸喜歡在吃早餐的時候看報紙。

- Time is up. Put down your pen and pass the
  papers to me.
  時間到。將你的筆放下，並將考卷傳給我。

---

parent	n. [C] 雙親（中的一人）

[`pɛrənt]

- Most **parents** want their children to have a better
  life.　大部分父母都希望孩子能有更好的生活。

注意

parents 通常用複數，使用單數時則指父母其中一人。

---

park　[pɑrk]	n. [C] 公園　v.t. v.i. 停車

- Many old people like to get up early and exercise
  in the **park**.
  許多老人家喜歡早早起床，到公園裡運動。

- You can't **park** your car here; this is my land.
  你不能把你的車停在這兒，這是我的土地。

★ a parking space　停車位
　 a parking lot　停車場

---

part　[pɑrt]	n. [C][U]（一）部分

- Some **parts** of his story is true.
  他所說的故事裡，有某些部份是真的。
- The first **part** of the book is about how to use time well.　本書第一個部分是有關如何善用時間。
★ take part in + N　參加～
- Because I caught a cold, I couldn't take **part** in the game.　因為感冒，所以我無法參加比賽。

---

party　﹝ˋpɑrtɪ﹞　*n.* [C] 派對；黨派

- We had a great time at the birthday **party**.
  我們在這生日派對上玩得很愉快。
- There are voices from different **parties** in a modern country.
  在現代國家裡會有不同黨派所表達的意見。

---

pass　　　﹝pæs﹞　*v.t. v.i.* 經過；及格；傳遞
　　　　　　　　　　n. [C] 通行證，入場證

- Before the bridge there is a mark saying "No **Passing**."
  在那座橋之前，有一個標誌寫著「不准超車」。
★ pass by　經過；過去
- When I **passed** by the bakery, I bought some bread.　我經過那家麵包店時買了一些麵包。
- The bus just **passed** by; you have to wait for the next bus now.

巴士剛過去，現在你得等下一班了。

- Did you successfully **pass** the test?
  你成功通過考試了嗎？
- Peter **passed** the ball to John.
  彼得將球傳給約翰。
- Without the **pass**, you can't enter this factory.
  沒有通行證，你不能進入這家工廠。

---

past	[pæst]	*adj.* 過去的，之前的
		n. 過去，昔日 ↔ **future**
		prep. （範圍；程度等）超過

- The winter is **past** and the spring is coming.
  冬天過去了，而春天即將來臨。
- I was sleeping in the **past** few hours. What happened?
  之前的幾小時我都在睡覺。發生什麼事啦？
- In the **past**, people went to bed early for there was no light.
  過去，人們因為沒電燈，早早就上床睡覺。
- It's ten **past** five.　現在是五點十分。

---

pay	[pe]	*v.t. v.i.* 付錢；償還
		v.i. （工作等）有報酬
		(~, paid, paid)
		n. [U] 薪水、工資

- In some restaurants, you have to **pay** before eating.　在某些餐廳，你必須在用餐前就付帳。

★ pay for + N　為～付出代價

- The bad man has to **pay** for what he did.
  這個壞人必須為他所做過的事付出代價。

- I like the job. It is what I'm interested in and it **pays** well.　我喜歡這份工作。它是我感興趣的東西而且薪水還蠻高的。

- Everyone listens carefully when the boss talks about the **pay**.
  當老闆提到薪水的時候，每個人都專心地聽。

PE	[`pi`i]	*n.* [C] 體育課 = **physical education** [`fɪzɪkl̩ˌɛdʒəˈkeʃən]

- We played basketball in **PE** class today.
  今天我們體育課打籃球。

pen	[pɛn]	*n.* [C] 筆

- I need a **pen** to write down the words.
  我需要一隻筆把這些字寫下來。

pencil	[`pɛnsl̩]	*n.* [C] 鉛筆

- You can erase the words written with a **pencil** easily.　你可以輕易地擦掉這些用鉛筆寫的字。

people	[`pipl̩]	*n.* 人們

- Most **people** love to be easy and comfortable but

hate to work.

大部分人都喜愛安逸、舒適，討厭工作。

注意

people 指兩個以上的人，後面接複數動詞。

perhaps	*adv.* 或許，可能
[pɚ`hæps]	

· I am not sure where John is; **perhaps** he is in the library. 我不確定約翰在哪裡，他可能在圖書館。

person [`pɝsn̩]	*n.* [C] 人

· You are kind; it's hard to find a nice **person** like you. 你真仁慈，很難找到像你一樣好的人了。

★ in person 親自

· The king will welcome those foreigners in **person**. 國王將親自迎接那些外國人。

pet	[pɛt]	*n.* [C] 寵物

★ keep N as a pet 養～當寵物

· I have kept a cat as a **pet** for about seven years. 我已經養一隻貓當寵物大約七年之久了。

★ the teacher's pet 老師寵愛的學生

· Sally is the teacher's **pet**, and sometimes I think she is proud. 莎莉是老師最寵愛的學生，我有時候覺得她太傲慢。

piano [pɪ`æno]	*n.* [C] 鋼琴

P

★ play the piano　彈鋼琴

· Hannah likes playing the **piano** and she wants to be a pianist.

漢娜喜歡彈鋼琴，並希望能成為鋼琴家。

補充

pianist [pɪˋænɪst]　鋼琴家

pick　　　[pɪk]　v.t. 挑選

· I don't know which cake tastes better. Can you **pick** one for me?　我不知道哪個蛋糕比較美味。

你能幫我挑選一個嗎？

★ pick sth. up　撿起某物；接某人

· Don't put your garbage at will; **pick** it up.

別隨意亂放你的垃圾，把它撿起來。

· "Can you **pick** me up at seven o'clock p.m.?"

"Sure, see you tonight."

「你晚上七點能來接我嗎？」「當然，今晚見。」

picnic [ˋpɪknɪk]　n. [C] 野餐　v.i. 野餐

(～, picnicked, picnicked)

★ go on/have a picnic = go picnicking　去野餐

· The weather is great for going on a **picnic** in the park.　天氣好極了，很適合到公園去野餐。

· We **picnicked** beside the river and had a good time.　我們到河邊野餐，玩得很愉快。

| **picture** | *n.* [C] 相片;圖畫 |
| [`pɪktʃɚ] | *v.t.* 想像 |

- The kid drew a **picture** of his house and his family.

  那孩子畫了一張裡面有他房子跟他家人的圖。

★ take a picture　拍照

- Smile, and I will take a **picture** of you with my camera.　笑一個,我用我的相機幫你拍張照。

- It's funny to **picture** the world in the future.

  想像未來的世界是什麼樣子,是很有趣的一件事。

| **pie** | [paɪ] | *n.* [C][U] 派;極簡單之事 |

- The apple **pie** is very delicious.　蘋果派很好吃。

★ as easy as pie　易如反掌

- It is as easy as **pie** for me to answer this math question.

  對我而言,回答這個數學問題根本就是易如反掌。

| **piece** | [pis] | *n.* [C] 一張,一片,一塊 |

★ a piece of + N　一張～,一片～

- I need a **piece** of paper to write down the phone number.　我需要一張紙把電話號碼記下來。

★ break into pieces　成為碎片

- The bottle fell down on the ground and broke into **pieces**.　那個瓶子掉到地上,摔成了碎片。

pig   [pɪg]   *n.* [C] 豬

- **Pigs** and chickens are usually kept to be eaten.

  豬和雞通常被養來吃。

★ when pigs fly　不可能

- Paul is so mean; he will treat you only when **pigs** fly.　保羅如此小氣，不可能請你吃飯。

pink   [pɪŋk]   *adj.* 粉紅的

                        n. [C][U] 粉紅色；最佳狀態

- The little girl's room is painted **pink**; it looks very warm.

  那女孩的房間被漆成粉紅色，看起來很溫暖。

★ in the pink　非常健康

- My grandpa is already ninety but is still in the **pink**.　我爺爺已經九十歲了，不過他的身體仍然非常健康。

pizza   [ˋpitsə]   *n.* [C] 比薩

- I want to order a large **pizza** and two small Cokes.

  我想點一個大披薩和兩杯小杯可樂。

place   [ples]   *n.* [C] 地方；住所　*v.t.* 放置

- The poor man has no food to eat and no **place** to go.　那可憐的人沒食物可以吃，也沒地方可以去。

- There is a party in my **place** tonight; welcome to join us.

今天晚上在我的住所有個宴會，歡迎加入。

★ take place　發生，舉行

- All people woke up when the fire took **place**.
  火災發生的時候，所有人都醒過來了。

- I don't remember where I **placed** my notebook.
  我不記得我把筆記型電腦放到哪兒去了。

---

plan [plæn]　　*n.* [C] 計劃　*v.t. v.i.* 計劃

- "Do you have any **plan** this weekend?"
  "I want to see a movie."
  「你這週末有任何計劃嗎？」「我想去看電影。」

★ plan + to V　計劃做～

- We **plan** to do some shopping in the afternoon.
  我們計劃下午要做些採購。

---

play [ple]　　*v.t. v.i.* 玩

　　　　　　　　v.t. 打（～球）；演奏（樂器）；
　　　　　　　　播放（音樂）；演出（某角色）

　　　　　　　　n. [C] 戲劇；劇本　*n.* [U] 遊戲

- Brad **played** cards with his friends after dinner.
  晚餐後，布萊德和他的朋友一起打牌。

★ play with + N　玩～

- The kids are **playing** with toys.
  那些孩子正在玩著玩具。

- Jeff **plays** tennis very well.　傑夫網球打得很好。

- Sue **plays** the piano in the school band.
  蘇在學校樂隊裡彈鋼琴。
- You shouldn't **play** the music too loud.
  你不該把音樂播放得太大聲。
- "I will **play** a tree in the **play**." "That must be very interesting."
  「我要在戲劇裡演出一棵樹。」「那一定很有趣。」
- All work and no **play** makes Jack a dull boy.
  [諺] 只會用功不玩耍，聰明孩子也變傻。

player [ˈpleɚ]	n. [C] 選手；播放器，隨身聽

- Iverson is a great basketball **player**.
  艾佛森是個優秀的籃球選手。
- I listen to music with my CD **player**.
  我用我的 CD 隨身聽聽音樂。

playground [ˈpleˌgraʊnd]	n. [C] 操場；遊樂場

- We have a lot of fun at the **playground**.
  我們在遊樂場玩得很開心。

please [pliz]	interj. 請
	v.t. 使～高興；使～滿意

- **Please** pass me the bread, thanks.
  請把麵包傳給我，謝謝。
- Tina is angry, and I am trying to **please** her.

蒂娜在生氣，而我正試著要取悅她。

★ be pleased with + N　對～感到滿意

· My father is **pleased** with my grades.
　父親對我的成績感到滿意。

---

point　[pɔɪnt]　*n.* [C] 分數　*v.t.* 指向

· We got nine **points** and won the game.
　我們得了九分並贏了那場比賽。

★ point sth. at sb.　把～指向～

· Don't **point** your fingers at other people; it's not
　polite.　別用手指指別人，這樣子不禮貌。

---

police　[pə`lis]　*n.* [U] 警察

★ the police　警方（後面須接複數動詞）

· Maria called the **police** to find her missing
　daughter.
　瑪麗亞打電給警方，請他們協尋她失蹤的女兒。

· The **police** are looking for her missing daughter.
　警方正在尋找她失蹤的女兒。

---

polite　[pə`laɪt]　*adj.* 有禮貌的

· Everyone likes **polite** kids.
　每個人都喜歡有禮貌的小孩。

★ be polite to sb.　對～有禮貌

· A good kid should be **polite** to his/her parents.
　好小孩應該對父母有禮貌。

| **poor** | [pur] | *adj.* 貧窮的 ↔ **rich**；粗劣的；不幸的，可憐的 |

- The **poor** man doesn't even have food to eat.
  那貧窮的人甚至連食物都沒得吃。
★ the poor　窮人（接複數動詞）
- The **poor** need our help.　窮人需要我們的幫助。
- John speaks **poor** English.　約翰英文說得很糟。
- Nobody wants to take care of the **poor** old woman.　沒有人願意照顧這個可憐的老婦人。

| **popcorn** [`pɑp,kɔrn] | *n.* [U] 爆玉米花 |

- I like to eat some **popcorn** when I see a movie.
  我在看電影時喜歡吃點爆米花。

| **popular** [`pɑpjələ˙] | *adj.* 流行的；受歡迎的 |

- Cell phones are very **popular** now; almost everybody has one.
  手機現在很流行，幾乎每個人都有一支。
- Ray loves listening to **popular** music.
  雷喜歡聽流行樂。
★ be popular with sb.　受～歡迎的
- The movie star is very **popular** with fans around the world.

213

這位電影明星很受全球各地影迷的歡迎。

pork [pork] *n.* [U] 豬肉

- We cooked some **pork** and beef for dinner.
  我們煮了些豬肉和牛肉當晚餐。

possible *adj.* 可能的 ↔ **impossible**
['pɑsəbl]

- It is **possible** to rain, so don't forget your
  umbrella. 可能會下雨，所以別忘了帶你的傘。

★ as Adj/Adv as possible 儘可能～

- We have no time, so please finish the job as soon
  as **possible**.
  我們沒時間了，所以請快完成這項工作。

post office *n.* [C] 郵局
['post,ɔfɪs]

- I went to the **post office** to send my letters.
  我到郵局去寄信。

postcard *n.* [C] 郵政明信片
['post,kɑrd]

- I will send you some **postcards** when I go to
  America. 我去美國時，會寄些明信片給你。

pound [paund] *n.* [C] 磅（重量單位）；英鎊（英
                              國幣制單位）

- I am a little too fat now; I want to lose some

pounds.　我現在有點太肥，我想減個幾磅。

· One **pound** is about two US dollars.

一英鎊大約等於兩美元。

---

practice	v.t. v.i. 練習
[ˋpræktɪs]	n. [U] 練習

· You must **practice** more if you want to join the

baseball team.

如果你想加入棒球隊，你得再多加練習。

★ practice + V-ing　練習～

· I **practiced** swimming four hours a day before the

game.　在比賽之前，我一天練習游泳四小時。

· **Practice** makes perfect.　[諺] 熟能生巧。

---

prepare	v.t. v.i. 準備，預備
[prɪˋpɛr]	

★ prepare for N/to V　為～做準備

· I have to **prepare** for the math test tomorrow.

我必須準備明天的數學小考。

· Kate is **preparing** to go to the America.

凱特正在為去美國作準備。

---

present	n. [C] 禮物 = **gift**
[ˋprɛznt]	n. (sing.) 現今，目前
	adj. 出席的

· I got many **presents** on my birthday.

215

在我生日那天，我收到很多禮物。

- We should forget the past and hold the **present**.
  我們應該忘了過去，把握現在。

★ at present 目前；現在

- All I want at **present** is cold drinks; I am so
  thirsty. 現在我想要的只有冷飲；我好渴。

- Jason was not **present** at the party yesterday.
  傑森沒有出席昨天的宴會。

---

pretty [ˈprɪtɪ] *adj.* 漂亮的 = **beautiful**
adv. 相當地，非常地

- Rose is a **pretty** girl. Many boys like her.
  蘿絲是個漂亮的女孩。很多男生都喜歡她。

- Jack is **pretty** good at English.
  傑克相當地擅長英語。

---

price [praɪs] *n.* [C] 價錢 ；(*sing.*) 代價

- I want to buy this pair of shoes. What is the **price**
  of it? 我想買這雙鞋。它的價錢是多少？

- I bought the book at a low/high **price**.
  我以低 / 高價買到那本書。

★ pay a price for 為～付出代價

- You have to pay a **price** for your mistake.
  你必須為你的錯誤付出代價。

★ at any price 不計任何代價

- Thomas will win the game at any **price**.
  湯瑪士會不計任何代價贏得那場比賽

problem　　　　　*n.* [C] 問題
[ˈprɑbləm]

- Traffic has become a serious **problem** in big
  cities.　交通已經成為大都市的嚴重問題。
- "Could you lend me a pencil?" "No **problem**."
  「你能借我一隻鉛筆嗎？」「沒問題。」

program　　　　　*n.* [C] 節目，表演
[ˈprogræm]

- There will be a special **program** on TV tonight.
  今天晚上電視會播一個特別節目。

proud　[praud]　　*adj.* 驕傲的，得意的

- Jenny is too **proud**, so nobody likes her.
  珍妮太驕傲了，所以沒人喜歡她。
- ★ be proud of sb.　以～為榮
- The father is very **proud** of his excellent son.
  那位父親非常以自己優秀的兒子為榮。

public　[ˈpʌblɪk]　　*adj.* 公眾的
　　　　　　　　　　n. 公眾，大眾 (the public)

- People can't smoke in many **public** places in
  Taiwan.
  在臺灣很多的公共場所都是不能抽煙的。

P

★ in public　公開地，當眾

· Some people don't like to speak in **public**; they are too shy.
有些人不喜歡當眾發言，他們太害羞了。

· The museum is open to the **public** six days a week.　博物館一個禮拜有六天對大眾開放。

---

pull　　[pul]　*v.t. v.i.* 拉 ↔ **push**

· You should **pull** the door open, not push it.
你應該拉開門，不是用推的。

★ pull out + N　拔出

· My bad tooth was **pulled** out.
我的蛀牙昨天拔掉了。

---

purple　[ˋpɝpl]　*adj.* 紫色的　*n.* [C][U] 紫色

· The **purple** shirt goes well with the blue jeans.
這紫色襯衫搭配藍色牛仔褲很好看。

· **Purple** is the color of fresh grapes.
紫色是新鮮葡萄的顏色。

---

push　　[puʃ]　*v.t. v.i.* 推 ↔ **pull**；按　*v.t.* 逼迫

· I **push** the door open and walk into the room.
我推開門，然後走進房間。

· Don't **push** the red button at will.
不要隨意就按下那個紅色按鈕。

· Don't **push** the kid too hard.

別把那孩子逼得太緊。

| **put** | [put] | *v.t. v.i.* 放，放下 (～, put, put) |

- Where did you **put** the car keys?
  你把車鑰匙放到哪兒了？

★ put down + N　放下～

- I **put** down the book and take a rest.
  我把書放下，休息一會兒。

★ put on + N　穿上

- **Put** on your jacket before going out. It's cold outside.　外出前先穿上外套。外面很冷。

queen	[kwin]	n. [C] 女王，皇后

- Victoria is one of the most famous **queens** of England.　維多莉亞是英國最有名的女王之一。

question	n. [C] 問題
[ˋkwɛstʃən]	v.t. 質疑～

- If you have any **question**, please tell me.
  如果你們有任何問題，請告訴我。
- I will finish the work on time. Don't **question** my words.　我會準時完成工作。不要質疑我說的話。

quick	[kwɪk]	adj. 快速的　adv. 快速地

- You must be **quick** or you will be late.
  你動作一定要快，不然你就會遲到。
- Guy runs as **quick** as a horse.
  蓋依跑得像馬一樣快。

quiet	[ˋkwaɪət]	adj. 安靜的

- Be **quiet**! The baby is sleeping.
  安靜！小寶寶正在睡覺。

quite	[kwaɪt]	adv. 相當地

- It is **quite** stupid to water flowers on a rainy day.
  在下雨天澆花是相當蠢的。
- ★ quite a/an + N　相當～的
- It is **quite** a strange experience to see the garden in the sea.　觀看海中花園是相當奇妙的經驗。

rabbit [ˈræbɪt]	*n.* [C] 兔子

· **Rabbits** have long ears and could jump very fast.

兔子有著長長的耳朵，而且跳得非常快。

radio [ˈredɪ‚o]	*n.* [C][U] 無線電廣播；收音機
	v.t. v.i. 用無線電發送訊息

· I used to listen to the music program on the **radio** when I study.

我過去時常在唸書時收聽廣播音樂節目。

★ turn on/off the radio 打開 / 關掉收音機

· Jack turned on the **radio** and listened to the news.

傑克打開收音機，收聽新聞。

· The pilot **radioed** the airport and asked to land.

飛行員透過無線電向機場聯絡，請求降落。

railroad [ˈrelˌrod]	*n.* [C] 鐵路

· Leave the **railroad** right now; the train is coming.

馬上離開鐵路，火車就要來了。

注意

railroad 為美式用法，英式用法則為 railway [ˈrelˌwe]。

rain [ren]	*v.i.* 下雨 *n.* [U] 雨，雨水

· It's **raining** now. Get in the house or you'll be all wet.

下雨了。進屋子裡來，不然你會全身濕答答。

- The flowers are dying for there has been no **rain** for months.
  因為已好幾個月沒有雨水，所以那些花都快死了。

---

rainbow　　　　　*n.* [C] 彩虹
[`ren,bo]

R

- After the rain, we could see the **rainbow** in the sun.　雨停之後，我們可在陽光下看到彩虹。

---

rainy　　[`renɪ]　*adj.* 下雨的

- The **rainy** season in Taiwan falls in Summer.
  台灣的雨季在夏天。

---

read　　[rid]　*v.t. v.i.* 閱讀 (～, read, read)

- My father likes to **read** the papers when he eats breakfast.　我爸爸喜歡在吃早餐的時候看報紙。
- I love **reading**, and my favorite is *The Catcher in the Rye*.
  我喜歡閱讀，我最愛的一本書就是「麥田捕手」。

---

ready　　[`redɪ]　*adj.* 準備好的

★ be ready for N/to V　準備好～

- Are you **ready** for the coming test?
  對於即將來臨的考試，你準備好了嗎？
- Are you **ready** to go shopping?
  你準備去逛街了嗎？

---

real　　[`riəl]　*adj.* 真的；現實的；十足的

- Everything I told you is **real**. I didn't lie.
  我告訴你的每件事都是真的,我沒說謊。

- Sometimes the **real** life is more interesting than a story book.
  有時候現實的人生比故事書還要來的有趣。

- You are a **real** fool if you think it is cool to smoke.
  如果你覺得抽煙很酷,那你就是個十足的傻瓜。

| really | [ˈrɪəlɪ] | *adj.* 真正地;很,十分;其實(用於加強語氣);真的嗎?(表示驚訝、疑問) |

- I don't **really** know the answer. I just guess.
  我並不是真正地知道答案,我只是猜的。

- Father was **really** angry when he saw my poor grades.　爸爸看到我的爛成績時十分地生氣。

- I should **really** have got up earlier.
  我其實應該早點起床的。

- "In fact, Jay doesn't love Jolin."
  "Oh, my god. **Really**?"
  「其實,傑並不愛裘琳。」
  「喔,我的天啊!真的嗎?」

| red | [rɛd] | *adj.* 紅色的　　*n.* [C][U] 紅色 |

- Do you like a green apple or a **red** apple?

你喜歡青蘋果呢？還是紅蘋果？

- **Red** is the color of fire, tomato, and an angry face.
  紅色是火、蕃茄和生氣的臉的顏色。
- ★ in red 穿紅衣服的
- The girl (dressed) in **red** is my daughter.
  那個穿著紅衣服的女孩是我女兒。

refrigerator	*n.* [C] 冰箱
[rɪ`frɪdʒə,retə]	

- Today, people use **refrigerators** to keep their
  food fresh. 現今人們用冰箱來保持食物新鮮。

補充

冰箱可簡稱為 fridge [frɪdʒ]，另外像是 freezer [`frizə] 和
icebox [`aɪs,baks] 指的也是冰箱。

remember	*v.t. v.i.* 記得 ↔ **forget**；記住，牢
[rɪ`mɛmbə]	記；想起

- I **remember** that you don't eat beef, do you?
  我記得你是不吃牛肉的，是嗎？
- ★ remember + to V 記得要去做某事
- **Remember** to turn off the light when you leave
  the room. 在你離開房間的時候，記得要關燈。
- ★ remember + V-ing 記得曾做過某事
- I **remember** seeing this man, but I forget where I
  saw him.

我記得我看過這個男人，但我忘了在哪兒看過的。

- **Remember** this word; it is very important.
  記住這個單字，它很重要。

- Sorry, but I just can't **remember** your name.
  抱歉，但我就是想不起你的名字。

----

repeat [rɪ`pit] *v.t. v.i.* 重複；重說

- Don't **repeat** the same mistake.
  不要重複犯同樣的錯誤。

- "**Repeat** this word two times after me. 'Nice.'"
  "'Nice.' 'Nice.'"
  「跟著我說兩遍這個字，'Nice'。」
  「'Nice'。'Nice'。」

----

rest [rɛst] *n.* 其餘部分，剩下部分 (the rest)
 n. [C][U] 休息 *v.i.* 休息

- I ate some cake and put **the rest** of it in the
  refrigerator.
  我吃了一些蛋糕，然後把剩下的放冰箱。

★ take a rest 休息

- You have worked for hours. You should take a
  rest. 你已經工作好幾小時了。你應該休息一下。

- I have to **rest** for minutes after walking for so
  long. 走這麼遠的路之後，我需要休息幾分鐘。

----

restaurant *n.* [C] 餐廳

225

[ˋrɛstərənt]

- Do you want to eat at home or go to a **restaurant**?
  你想在家裡吃飯還是要去餐廳吃？

restroom	*n.* [C] 廁所，洗手間 = **rest room**

[ˋrɛst͵rum]

- May I use your **restroom**? I want to wash my
  hands.　我可以借用你的洗手間嗎？我想洗手。

注意

廁所除了可以叫做 restroom 之外，常用的還有 ladies' room（女
生廁所）、men's room（男生廁所）、bathroom（浴室；廁所）、
toilet（廁所）、lavatory（廁所）等。

rice	[raɪs]	*n.* [U] 稻米，米飯

- Americans seldom eats **rice**.
  美國人很少吃米飯。

rich	[rɪtʃ]	*adj.* 富有的 ↔ **poor**；富含～的

- The businessman became **rich** from selling drinks.
  這名商人靠著賣飲料致富。

★ the rich　有錢人

- Some people say the **rich** should pay more taxes.
  有些人說，有錢人應該繳比較多的稅。

★ be rich in + N　有豐富的～

- The country is **rich** in oil.　這國家有豐富的石油。

ride	[raɪd]	*v.t. v.i.* 騎（摩托車、馬等）

		(～, rode, ridden)
		n. [C] 搭乘

- **Riding** a motorcycle without a helmet is dangerous.　騎摩托車不戴安全帽是危險的。
- You must be careful when you **ride** a bicycle.
  你騎腳踏車的時候一定要小心。
★ give sb. a ride　載某人一程
- I am going to be late for school. Could you give me a **ride**?　我上學要遲到了，可以載我一程嗎？

right	[raɪt]	*adj.* 對的；右邊的 ↔ **left**
		adv. 向右地 ↔ **left**
		n. [C] 右邊 (the right) ↔ **left**
		n. [C][U] 權利

- It's not **right** to tell a lie.　說謊是不對的。
- Some people write with their **right** hand but some don't.　有些人用右手寫字，有些則否。
- Turn **right** at the next traffic light and you'll find the theater.
  下一個紅綠燈右轉，你就會看到電影院。
- The man sitting on **the right** of Ginger is her older brother.　坐在金潔右邊的那個男人是她哥哥。
★ the right + to V　做～的權利
- Don't forget you have the **right** to say "no."

別忘了你有說「不」的權利。

| ring | [rɪŋ] | *v.t. v.i.* （電話、電鈴、鐘等）響；使～鳴（～, rang, rung） |
| | | *n.* [C] 環狀物；戒指 |

- The phone was **ringing** when I walked into the living room.　當我走進客廳時，電話正在響。
- I **rang** the bell, and soon Linda came to open the door.　我按了門鈴，然後琳達很快就來開門了。
- Buck showed the **ring** and asked Camilla to marry him.　巴克拿出戒指，並要求卡蜜拉嫁給他。

| river | [ˈrɪvɚ] | *n.* [C] 河 |

- I liked to catch fish in the **river** when I was still a kid.　在我還是小孩時，我喜歡到河裡去抓魚。

| road | [rod] | *n.* [C] 路；途徑，手段 |

- The department store is on the Park **Road**.
  那家百貨公司在公園路上。
- All **roads** lead to Rome.　[諺] 條條大路通羅馬。
- ★ the <u>road/way</u> to + N　～的途徑；手段
- Working hard is the only **road** to success.
  努力工作是成功的唯一途徑。

| R.O.C. | | *n.* 中華民國 |
| [ɑr ˌo ˈsi] | | |

- **R.O.C.** stands for the Republic of China.

228

R.O.C. 代表中華民國。

| **room** | [rum] | *n.* [C] 房間　*n.* [U] 空間；餘地 |

- You can sleep in this **room** when you stay here.
  你待在這裡的期間，可以睡在這個房間。
- There is not enough **room** to put a new sofa here.
  這裡沒有足夠的空間可以擺一張新沙發。
- Poor grades mean you still have **room** to be better.
  壞成績表示你還有進步的空間。

| **rose** | [roz] | *n.* [C] 玫瑰 |

- Mary got a bunch of **roses** from Jim on their first date.
  在他們第一次約會時，瑪莉收到一束吉姆送的花。

| **round** | [raund] | *adj.* 圓的 |

- The fat cat looks as **round** as a ball.
  那隻胖貓看起來就跟球一樣圓。

| **rule** | [rul] | *n.* [C] 規則　*v.t.* 統治，支配 |

★ make it a rule + to V　養成習慣做～

- You should not make it a **rule** to smoke; it is not good for you.
  你不該養成抽煙的習慣，那對你沒有益處。

★ follow the rules　遵守規則

- If you want to play the game, you should follow the **rules**.　如果你想玩遊戲，你必須遵守規則。

- The king who **ruled** this country was kind to his people.

  統治這個國家的國王對他的人民很仁慈。

---

ruler [ˋrulɚ] *n.* [C] 尺；統治者

- I need a **ruler** to draw a line.

  我需要一把尺來畫一條直線。

- The **ruler** of the country was loved by his people.

  這個國家的統治者受到子民的愛戴。

---

run [rʌn] *v.i.* 跑；(機器等) 運轉；經營

(~, ran, run)

- Gina got up too late, so she had to **run** to catch the bus.

  吉娜太晚起床了，所以她得跑步才趕得上公車。

- This new washing machine **runs** quietly.

  這台新的洗衣機運轉起來很安靜。

- The boss is teaching his son how to **run** a factory.

  老闆正在教他兒子如何經營一家工廠。

★ run into + N　偶然遇到～

- I **ran** into Norman yesterday; he was my classmate years ago.

  我昨天偶然遇到諾曼，他是我幾年前的同學。

| **sad** | [sæd] | *adj.* 難過的，令人難過的 |

- The **sad** movie about a dog makes a lot of people cry.

  那部有關狗的、令人傷心的電影使很多人都哭了。

- King is **sad** about those who died in the fire.

  金恩對於那些死在火災裡的人感到很難過。

| **safe** | [sef] | *adj.* 安全的 ↔ **dangerous**；安全上壘的　*n.* [C] 保險箱 |

- It's not **safe** to drive after drinking.

  酒後開車不安全。

★ safe and sound　安然無恙的

- It is glad to hear that you are all **safe** and sound.

  很高興聽到你們全都安然無恙。

- I thought the player was **safe**, but he was out.

  我以為那個球員安全上壘，但他卻被判出局。

- You should put your ring into the **safe** but not show it off.　你應該把你的戒指放到保險箱裡，而不是拿出來炫耀。

| **salad** | [ˋsæləd] | *n.* [C][U] 沙拉 |

- I only eat **salad** at noon; I want to be thinner.

  我中午只吃沙拉。我想變瘦一些。

| **sale** | [sel] | *n.* [C][U] 賣，出售 |

★ for sale　出售中的

- You can't buy these art works; they are not for **sale**.　你不能買這些藝術作品；它們不出售。

★ on sale　廉價出售中的

- Some books are on **sale** in the bookstore; let's buy some.

  那家書局有些書正在拍賣，我們去買一些吧。

S

salt	[sɔlt]	*n.* [U] 鹽

- The soup tastes too light; you should put more **salt** into it.　這湯嚐起來太淡，你應該多放點鹽。

same	[sem]	*adj.* 同樣的（通常與 the 連用）

★ the same + N　相同的～

- We have the **same** interests, so we could become good friends.

  我們有相同的興趣，所以我們應該能成為好朋友。

sandwich [ˋsændwɪtʃ]	*n.* [C] 三明治 (**sandwiches**)

- We will have a picnic, so Mother is making **sandwiches** for us.

  我們要去野餐，所以媽媽正在幫我們做三明治。

Saturday [ˋsætɚde]	*n.* [U][C] 星期六

- Most people in Taiwan don't have to work on **Saturday**.　大多數的台灣人星期六不用上班。

save [sev] *v.t. v.i.* 救;儲存;節省

- Thank you for your help; you really **saved** my life.
  謝謝你的幫忙,你真的是救了我一命呢。

★ save sb. from N/V-ing 拯救~使免於~

- Sam **saved** the girl from the burning house.
  山姆把這女孩從著火的房子裡救出來。

- In order to buy a car, I have **saved** money for
  years. 為了買輛車,我已經存錢好幾年了。

- It would **save** you much time to go to school by
  MRT. 搭捷運上學可以節省你很多時間。

say [se] *v.t. v.i.* 說 (~, said, said)

- "How do you **say** goodbye in Japanese?"
  "Sayonara."

  「要怎樣用日文說再見?」「沙唷哪拉。」

★ say + that 子句 說~

- People **say** that Jane is married.
  人們說珍已經結婚了。

school [skul] *n.* [C][U] 學校

- Get up earlier if you don't want to be late for
  school. 如果你不想上學遲到,就早點起床。

★ go to school 上學

- We don't have to go to **school** on Sunday.
  我們星期天不用上學。

S

sea	[si]	n. [U] 海，海洋 (the sea)

- The blue **sea** always makes me feel free and happy.　藍色海洋總是能讓我感到自由、快樂。

season	[ˋsizn̩]	n. [C] 季節

- There are four **seasons** in a year.　一年有四季。
★ in season　旺季的，當季的
- You should buy the fruit in **season**; it is cheap and fresh.　你應該買當季的水果，既便宜又新鮮。
★ out of season　不合季節的，淡季的
- Hotels would cost less when it is out of **season**.　在（旅遊）淡季時，旅館費用會比較便宜。

seat	[sit]	n. [C] 座位

- Is this **seat** taken?　這座位有人坐嗎？
★ take/have a seat　坐下
- Take a **seat**, please.　請坐。

second	adj. 第二的
[ˋsɛkənd]	n. [C] 秒

- I live on the **second** floor.　我住在二樓。
- The game will be over in two minutes and thirty **seconds**.　比賽將會在兩分三十秒內結束。

see	[si]	v.t. v.i. 看；理解 (~, saw, seen)

- I want to **see** a movie. Do you want to come with me?　我要去看場電影，你要跟我去嗎？

234

- **Seeing** is believing.   [諺] 眼見為信。
- ★ see sb./sth. V/V-ing   看見某人 / 某物做～
- I **saw** Larry <u>play/playing</u> in the park last night.
  我昨天晚上看到賴瑞在公園裡玩。
- "Do you know what I am saying?" "Yes, I **see**."
  「你知道我在說什麼嗎?」「是的,我瞭解。」

seldom [`sɛldəm]	*adv.* 不常,難得

- Tom is a good student; he is **seldom** late for
  school.   湯姆是個好學生,他上學不常遲到。

sell [sɛl]	*v.t. v.i.* 賣 ↔ **buy** (～, sold, sold)

- Jimmy **sold** me a watch for five hundred dollars.
  吉米以五百元的價錢賣給我一隻手錶。
- ★ sell out   賣光
- All the tickets of the hot movie were **sold** out in
  one hour.
  那部熱門電影所有入場卷在一小時內全賣光了。

send [sɛnd]	*v.t.* 寄送,傳送;贈送

- People now can **send** pictures with cell phones.
  現在人們可以用手機傳送相片。
- ★ send sb. sth. = send sth. to sb.   (寄)送某人某物
- Peter **sent** me an e-card this Christmas.

= Peter **sent** an e-card to me this Christmas.

彼得今年聖誕節寄了張電子賀卡給我。

· Kay **sent** Samantha a cat as a birthday gift.

= Kay **sent** a cat to Samantha as a birthday gift.

凱送莎曼沙一隻貓當作生日禮物。

| senior high school | *n.* [C][U] 高中 |

[ˌsinjə`haɪˌskul]

· Most Taiwanese students go to **senior high school** at sixteen.

大部分臺灣學生都在十六歲時上高中。

| sentence | *n.* [C] 句子 |

[`sɛntəns]

· The **sentence** is good except for one spelling mistake.

除了有一個拼字錯誤外，這句子寫得很好。

★ make a sentence 造句

· The teacher asked us to make a **sentence** with this new word. 老師要求我們用這個新學的字造句。

| September | *n.* [U][C] 九月 |

[sɛp`tɛmbɚ]

· Teacher's Day falls on **September** the twenty-eighth. 教師節在九月二十八日。

serious [ˈsɪrɪəs] *adj.* 嚴重的；嚴肅，認真的

- You make a **serious** mistake if you lie to your parents. 如果你向你父母說謊，那你就犯了一個嚴重的錯誤。

- Tom is a **serious** teacher, so many students are afraid of him.
  湯姆是個嚴肅的老師，所以很多學生都怕他。

- I am **serious**, not kidding.
  我是認真的，不是開玩笑。

seven [ˈsɛvən] *adj.* 七的，七個的 *n.* 七

- There are **seven** days in a week.
  一個禮拜有七天。

- "How old is the little boy?" "He is **seven**."
  「這個小男生幾歲？」「他七歲。」

seventeen [ˌsɛvənˈtin] *adj.* 十七的，十七個的 *n.* 十七

- The actor became very famous when he was **seventeen**. 那個演員在十七歲時出名。

- **Seventeen** is the number following sixteen.
  十七是十六之後的數字。

seventh [ˈsɛvənθ] *adj.* 第七的 *n.* 第七

- The bookstore is on the **seventh** floor.

S

這家書店在七樓。

- My younger sister was born on August **seventh**.
  我妹妹是八月七日生的。

seventy	*adj.* 七十的，七十個的　　*n.* 七十
[ˋsɛvəntɪ]	

- The rich old woman has **seventy** pair of shoes.
  這個有錢的老女人有七十雙鞋子。

- There was a **seventy** on the door of my hotel
  room.　我旅館房間門上的號碼是七十。

several	*adj.* 幾個的，數個的
[ˋsɛvərəl]	

- There are **several** movies on. Which one do you
  like?　有好幾部電影正在上映，你喜歡哪一部？

shall	[ʃæl]	*aux.* 將要，會

- "**Shall** we dance?" "Why not?"
  「我們可以一起跳舞嗎？」「為什麼不呢？」

- We **shall** go to America for business for two
  weeks.　我們將要因公務到美國兩個禮拜。

注意

shall 作助動詞，表示「將，會」時，只能與第一人稱主詞 I（我）、we（我們）連用。

shape	[ʃep]	*n.* [C][U] 形狀；情況

★ in the shape of + N　～的樣子

- Mom made the cookies in the **shape** of animals.

  媽媽把餅乾做成動物的樣子。

★ in shape　　良好的健康狀況

- To keep in **shape**, you must exercise and not pick at food.

  為了保持良好健康狀況，你應該做運動且不挑食。

share	[ʃɛr]	*v.t.* 分享；共同使用

★ share...with...　　與～分享～

- It would be great to **share** what you have with others.

  能把你所擁有的東西和別人分享是很棒的。

- When I was a kid, my two older brothers and I **shared** a room.　當我還是小孩時，我兩個哥哥跟我共同使用一間房間。

she	[ʃi]	*pron.* 她

- I like Judy because **she** is cute.

  我喜歡茱蒂，因為她很可愛。

比較

受格	所有格	所有代名詞	複合人稱代詞
her	her	hers	herself
[hɚ]	[hɚ]	[hɚz]	[hɚˋsɛlf]

- **She** loves him, and he loves **her**, too.

  她愛他，而他也愛她。

- Have you ever read **her** books?
  你有看過她的書嗎？
- The idea is **hers**, not mine.
  這點子是她的，不是我的。
- Louisa made **herself** a cup of coffee.
  露易莎替自己泡了一杯咖啡。

S

| **sheep** | [ʃip] | *n.* [C] 羊；綿羊 (**sheep**) |

★ a flock of sheep　一群綿羊
- The dog is leading a flock of **sheep** back to the
  farm.　那隻狗正在引導一群羊回到農場。
★ the black sheep　害群之馬；敗類
- You will be the black **sheep** of the class if you
  cheat.
  如果你作弊，你就會成為班上的害群之馬。

| **ship** | [ʃɪp] | *n.* [C] 船（指較大型的船）
v.t. 用船運 |

- Titanic should be a great **ship** that would never
  sink.
  鐵達尼號應該是一艘偉大且永不沉沒的船。
- These bikes would be **shipped** to the United
  States for sale.
  這些腳踏車會被用船運到美國出售。

| **shirt** | [ʃɜt] | *n.* [C] 襯衫 |

- When you meet the boss, you had better wear your **shirt**. 見老闆的時候，你最好穿上你的襯衫。
- ★ T-shirt T 恤
- I wear a **T-shirt** to play basketball.
  我穿了一件 T 恤去打籃球。

shoe(s) [ʃu(z)] *n.* [C] 鞋子

- My **shoes** wear out soon because I play basketball every day.

  我的鞋子很快就破了，因為我每天都打籃球。
- ★ in one's shoes 處於某人的處境
- What would you do if you are in my **shoes**?
  如果你處於我的處境的話，你會怎麼做？

注意

shoes 的單位是「雙」，英文的說法是 a pair of shoes（一雙鞋子）。

shop [ʃɑp] *n.* [C] 商店 **= store** *v.i.* 購物

- Everything in this **shop** was on sale, so I bought lots of things. 這家店裡每樣東西都在拍賣，所以我買了很多東西。
- ★ go shopping 去購物
- It could take hours for a girl to go **shopping**.
  一個女孩子逛街可以花好幾個小時。

shopkeeper *n.* [C] 店主
[ˈʃɑpˌkipɚ] **= storekeeper** [ˈstorˌkipɚ]

241

- Sorry, but only our **shopkeeper** could cut the prices. 抱歉，不過只有我們店主可以降價。

| short | [ʃɔrt] | *adj.* 短的 ↔ **long**；矮的 ↔ **tall**；短缺的 |

- This pencil is too **short** to write.
  這隻鉛筆太短了，沒辦法拿來寫字。

★ in short　簡言之

- In **short**, it would be a wise choice to buy this book. 簡言之，買這本書將是明智的抉擇。

- Jenny is a **short** girl and she wants to be taller.
  珍妮是個矮個子的女孩，她希望能變高一些。

★ short of + N　～短缺

- We were **short** of food, so I went to the market to buy some.
  我們的食物短缺，所以我到市場去買了一些。

| should | [ʃud] | *aux.* 應該（表示建議、命令；義務、責任；可能性、推測） |

- You work too hard; I think you **should** take a rest.
  你工作太努力了，我認為你應該休息一下。

- You **should** not sleep in class. Go to wash your face. 你不應該在上課時間睡覺，去洗把臉。

- You **should** finish your homework before you play outside.

在你出門玩前，你應該先做完你的作業。

- It is very late. I think Donna **should** be home now.

已經很晚了，我想現在多娜應該是在家裡吧！

| shoulder | *n.* [C] 肩膀 |

[ˋʃoldɚ]

- I patted Joyce on the **shoulder** to wake him up.

我拍拍喬伊斯的肩膀，叫他起床。

★ shrug one's shoulder　聳肩

- Ben shrugged his **shoulder** and said he didn't care.　班聳聳他的肩，然後說他不在乎。

| show | [ʃo] | *v.t.* 顯示，展示；出現，露面 |
| | | *n.* [C] 展覽會；表演 |

- Jack **shows** great interest in joining our team.

傑克對於加入我們的隊伍顯示出高度興趣。

★ show sb. around　帶領～參觀

- Welcome to the museum; I will **show** you around.

歡迎你們來到博物館，我會帶著你們參觀的。

★ show off　炫耀

- Stop **showing** off your expensive watch; we are sick of it.

不要再炫耀你那昂貴的手錶了。我們已受夠了。

★ show up　現身，露面

- The singer didn't **show** up until the last moment.

243

那位歌手直到最後一刻才露面。

- There will be a car **show** in the World Trade Center today. 今天世貿中心將會有一個車展。

★ show business 演藝圈

- Linda dreams to join the colorful life of **show** business.

  琳達夢想著能夠加入演藝圈的多采多姿生活。

| **shy** | [ʃaɪ] | *adj.* 害羞的；易受驚的，膽小的 |

- Danny is a **shy** boy; he is afraid to talk with girls.
  丹尼是個害羞的男生，他不敢跟女孩子講話。

- The **shy** birds flew away when I walked near them.

  當我走近的時候，那些容易受驚的鳥兒就飛走了。

| **sick** | [sɪk] | *adj.* 生病的；對～感到厭倦的；嘔心的 |

- Bush is **sick**, so he can't go to work today.
  布希生病了，所以他今天不能去上班。

- I am **sick** of the long winter; when will the spring come? 我已對這漫長的冬天感到厭倦了。春天何時會來呢？

★ make sb. sick 使某人感到極為不快

- The boring show really made me **sick**, so I turned off the TV. 那無聊的節目使我極為不快，所以我

就把電視關了。

· I felt **sick** whenever I see a snake.

每次我看到蛇都會覺得好噁心。

---

side   [saɪd]   *n*. [C] 邊；方面

· Kids should not play on the **side** of the road.

小孩子不應該在馬路旁邊玩。

★ side by side   肩並肩，一起

· We should work **side** by **side** to face the problem.

我們應該肩並著肩，共同面對問題。

· You see one **side** of the problem, but you don't

see the other.

你看到了問題的一面，卻沒看到另一面。

★ to be on the safe side   為了安全起見

· To be on the safe **side**, you should not drive after

drink.   為了安全起見，你不該酒後開車。

---

sidewalk   *n*. [C] 人行道

[ˋsaɪd͵wɔk]

· Drivers should not park their cars on the

sidewalk.

駕駛人不應該把他們的車子停在人行道上。

---

simple [ˋsɪmpl]   *adj*. 簡單的，容易的

· I can answer the **simple** math question in ten

seconds.

我可以在十秒之內回答出這個簡單的數學問題。

| since | [sɪns] | *conj.* 自從～以來，從～至今；既然；因為，由於 |
| | | *prep.* 自從～以來，從～至今 |

★ S + have p.p. + since + S + V-ed....
自～起就一直～

· Peter has been interested in music **since** he was only a child.
從彼得是個小孩子起，就一直對音樂感興趣。

· **Since** you are so busy, I will call you later.
既然你這麼忙，那我晚一點再打電話給你。

· **Since** Frank is kind and wise, everybody likes him.
因為法蘭克既仁慈又聰明，所以大家都喜歡他。

· We haven't seen each other **since** 1997.
自從一九九七年起，我們就沒見過彼此。

| sing | [sɪŋ] | *v.t. v.i.* 唱～ (～, sang, sung) |

· Today is your birthday, so I will **sing** a song for you.　今天是你生日，所以我要為你唱一首歌。

· Since you like **singing**, let's go to the KTV tonight.
既然你喜歡唱歌，那我們今天晚上就去 KTV 吧！

| singer | [ˋsɪŋɚ] | *n.* [C] 歌手 |

- The **singer**'s first CD was popular with many teenagers.

  這歌手的第一張專輯受到許多青少年的歡迎。

| sir | [sɝ] | n. [C] 先生；長官；老師 |

- May I help you, **sir**?　我能為您服務嗎，先生？
- "Don't question my order." "Yes, **sir**."

  「不要質疑我的命令。」「是的，長官。」

S

注意

sir 是「稱謂語」，其他稱謂語還有 Dr.（醫生；博士）、Mr.（先生）、Ms.（小姐；女士＝Miss）、Mrs.（太太）等。

| sister | [ˋsɪstɚ] | n. [C] 姊姊；妹妹 |

- I have two **sisters** and one little brother.

  我有兩個姊妹跟一個弟弟。

| sit | [sɪt] | v.i. 坐；（建築物）座落於～ |
| | | (～, sat, sat) |

- Tera is **sitting** on the sofa and watching TV.

  泰拉正坐在沙發上看電視。

★ sit down　坐下

- "Good morning, sir." "Good morning. Please **sit** down."　「老師早安。」「早安，請坐下。」
- My house **sits** in the downtown of the city.

  我家座落在城市的商業區。

| six | [sɪks] | adj. 六的，六個的　n. 六 |

247

* * *

- I work **six** days a week.　我一個星期工作六天。

- Two times three is/are **six**.　二乘以三等於六。

sixteen　　　　　*adj.* 十六的，十六個的　*n.* 十六
[`sɪks`tin]

- There are **sixteen** days to go till my birthday.
  離我生日還有十六天。

- Dora is a young girl of **sixteen**.
  朵拉是個十六歲的年輕女孩。

sixth　　[sɪksθ]　　*adj.* 第六的　*n.* 第六 (the ~)

- June is the **sixth** month of the year.
  六月是一年之中第六個月份。

- It is the **sixth** today.　今天是六號。

sixty　　[`sɪkstɪ]　　*adj.* 六十的，六十個的　*n.* 六十

- There are **sixty** people coming to the party.
  有六十個人要來參加派對。

- George and Mary have invited **sixty** to the
  wedding.

  喬治和瑪莉已邀請了六十個人參加他們的婚禮。

size　　　　[saɪz]　　*n.* [C][U] 尺寸，大小
　　　　　　　　　　　　n. [C] 型號；尺碼

- There are skirts and dresses of all **sizes** at the
  shop.　　這間店裡有所有尺寸的裙子和洋裝。

- "What is your **size**?" "S."

「你的型號是什麼？」「小號。」

注意

衣服型號一般為 XL (extra large)（特大）、L (large)（大號）、
M (medium)（中號）、S (small)（小號）這四種。

| skirt | [skɜ˞t] | *n.* [C] 裙子 |

· Tina wears a long **skirt** today and looks very
  beautiful.

  今天蒂娜穿了一件長裙，看起來很漂亮。

| sky | [skaɪ] | *n.* 天空 |

· The **sky** is clear and the air is fresh. It is great for a
  picnic.

  天空晴朗，空氣清新，天氣非常適合野餐。

| sleep | [slip] | *v.i.* 睡覺（～, slept, slept） |
| | | *n.* [U] 睡眠 |

· You look tired. Didn't you **sleep** well last night?

  你看起來很疲倦。昨天晚上沒睡好嗎？

★ sleep late　睡過頭

· I **slept** late this morning, so I could not go to
  school on time.

  我今天早上睡過頭了，所以沒有準時到學校。

注意

sleep late 是指早上睡過頭，而不是晚上很晚才睡覺。

· It is important for teenagers to have enough **sleep**

249

every night.

對青少年來說，每天晚上充足的睡眠很重要。

---

slow [slo] *adj.* 緩慢的 ↔ **fast**

v.t. v.i. 放慢，變慢

- I was late because my watch was five minutes
  slow.　我遲到是因為我的錶慢了五分鐘。

★ slow down　減速，緩慢下來

- It is raining now, so all the drivers **slow** down
  their cars.

  現在正在下雨，所以所有駕駛人都把車速放慢了。

---

small [smɔl] *adj.* 小的 ↔ **big**

- The shoes are too **small** for me; please give me a
  bigger pair.

  這雙鞋對我而言太小了，請給我一雙大一點的。

---

smart [smɑrt] *adj.* 聰明的，機警的 ↔ **stupid**

- Danny is a **smart** boy; he learns things very fast.

  丹尼是個聰明的男孩，他學東西很快。

- It was **smart** of you to call the police in time.

  你很機警，能夠及時打電話給警察。

---

smell [smɛl] *n.* [C][U] 氣味

v.t. v.i. 聞；發出臭味

(～, smelt, smelt)

- The **smell** of the meat is bad. You should never

eat it.

那些肉的味道聞起來很糟。絕對不要吃它。

★ sense of smell　嗅覺

- Dogs have better sense of **smell** than people do.

  跟人比起來，狗有更好的嗅覺。

- The dish **smells** good. May I taste it?

  這道菜聞起來好香。我可以嚐嚐看嗎？

- When did you clean your room last time? It

  smells.

  你上次清理房間是什麼時候？它都發出臭味了。

---

smile　[smaɪl]　*v.i.* 微笑　*n.* [C] 笑容

★ smile at sb.　對某人微笑

- The girl I like a lot is **smiling** at me.

  那個我很喜歡的女孩正在對著我笑。

- She welcomed us with a sweet **smile**.

  她以甜美的笑容歡迎我們。

---

smoke　[smok]　*v.t. v.i.* 抽煙　*v.i.* 冒煙

　　　　　　　　n. [C][U] 煙；煙霧

- My grandpa likes to **smoke** a pipe after he finishes

  his dinner.　我爺爺喜歡在吃完晚餐之後抽煙斗。

★ give up smoking　戒煙

- My dad gave up **smoking** twenty years ago.

  我爸在二十年前戒煙了。

- The house is **smoking**. Maybe it is on fire.

  那棟房子正在冒煙。它可能著火了。

★ second-hand smoke　二手煙

- Nobody likes the smell of second-hand **smoke**.

  沒有人喜歡二手煙的味道。

---

snack　[snæk]　*n.* [C] 點心

- "Do you want an ice cream for a **snack** after dinner?" "Sure."

  「你晚餐後想吃冰淇淋當點心嗎？」「當然。」

---

snake　[snek]　*n.* [C] 蛇

- Susan cried out on seeing the **snakes**.

  蘇珊看到那些蛇的時候，馬上就大哭出來。

---

snow　[sno]　*v.i.* 下雪　*n.* [U] 雪

- It is **snowing** outside. Let's make a snowman in the park.　外面下雪了，我們到公園去做雪人吧。

- I want to play in the clean and white **snow**, but it is too cold.

  我想在又白又乾淨的雪裡玩，不過太冷了。

---

so　[so]　*conj.* 所以

　　　　　　　adv. 如此；也一樣（置於句首）

- It's raining heavily outside, **so** we decide to stay at home.　外面下大雨，因此我們決定留在家裡。

- I'm **so** happy to see you again.

能再見到你我真高興。

★ so + <u>Adj</u>/<u>Adv</u> + that...　如此～以致於～

· Jack is **so** excited that he could not sleep at night.
　傑克如此興奮，以致於晚上睡不著覺。

· "I love ice cream cakes." "**So** do I."
　「我愛冰淇淋蛋糕。」「我也一樣。」

---

sock　　[sɑk]　　*n.* [C] 短襪

· It might hurt your feet if you wear your shoes
　without **socks**.
　如果你穿鞋子時不穿襪子，腳可能會痛。

注意

sock 跟 shoe 一樣，通常都是複數 (**socks**)。跟 socks 相對應的
字是 stockings [ˋstɑkɪŋz]（長襪）。

---

sofa　　[ˋsofə]　　*n.* [C] 沙發

· It is much more comfortable to sit on the **sofa** than
　on a chair.　坐在沙發上比坐在椅子上舒服多了。

---

some　　[sʌm]　　*adj.* 某一個；一些

　　　　　　　　　　　pron. 一些

· I know Sandy likes **some** boy, but I don't know
　who he is.
　我知道仙蒂喜歡某個男生，不過我不知道是誰。

· Do you want **some** ice tea? It could make you feel
　cooler.　你想喝點冰茶嗎？它可以讓你涼快點。

S

253

- **Some** of these books are funny, but others are very boring.

  這些書有些蠻有趣，不過其他的很無聊。

someone	*pron.* 某人，有人 = **somebody**
[`sʌm,wʌn]	*n.* 重要人物

- **Someone** told me you love seeing movies, too. Is that true?

  有人告訴我你也喜歡看電影。那是真的嗎？

- Mr. Jones used to be **someone** in the office.

  瓊斯先生曾是這個辦公室裡的重要人物。

something	*pron.* 某事
[`sʌm,θɪŋ]	*n.* 重要的人、事或物

- There must be **something** wrong, but I don't know what it is.

  一定有某件事不對勁，不過我不知道是什麼。

★ or something　諸如此類的

- You look hungry. Do you want a sandwich or **something**?　你看起來好像餓了。需要一個三明治或諸如此類的嗎？

- The ring is really **something** to me; it was from my mother.

  這個戒指對我真的很重要，那是我母親給的。

sometimes	*adv.* 有時候

[ˋsʌmˌtaɪmz]

- **Sometimes** I wonder why so many people like to watch Korean TV series.
  有時候我很納悶為什麼那麼多人喜歡看韓劇。

---

somewhere　　　　*adv.* 在某處

[ˋsʌmˌhwɛr]

- The boy hid the toy **somewhere** in the living room.　男孩將玩具藏在客廳的某處。

---

son　　[sʌn]　　*n.* [C] 兒子

- Mr. Lin has three **sons** but no daughter.
  林先生有三個兒子，但沒有女兒。

★ son-in-law　女婿

- After you marry my daughter, you would be my **son-in-law**.　你娶我女兒以後，就是我的女婿了。

---

song　　[sɔŋ]　　*n.* [C] 歌曲

- Many people like to sing popular **songs** in KTV.
  許多人喜歡到 KTV 裡唱流行歌曲。

---

soon　　[sun]　　*adv.* 不久，很快地

- The famous singer is coming **soon**, so everybody is excited.　那位知名歌手不久就要來了，所以每個人都很興奮。

★ as soon as possible　儘快

- My boss asked me to finish the job as **soon** as

possible.　我的老闆要求我儘快完成這項工作。

★ As soon as + S + V, S + V....　一～就～

· As **soon** as Tony leaves school, he goes to play basketball.

湯尼一離開學校，馬上就去打籃球了。

---

sorry　[`sɔrɪ]　*adj.* 對不起；感到遺憾、難過的

· I'm **sorry** for hitting you in the face.

很抱歉我打到你的臉。

★ be/feel sorry to V/for N/that 子句　為～遺憾、難過

· I feel **sorry** to hear the bad news.

我聽到這個壞消息感到很難過 / 遺憾。

· I am **sorry** that you can't come to our party.

很遺憾你不能來參加我們的宴會。

---

sound　[saund]　*n.* [C][U] 聲音　*v.i.* 聽起來

· You should not make **sound** when eating. It's not polite.　你吃飯時不應該發出聲音。那不禮貌。

· Cindy's voice **sounds** sad. What's wrong with her?　辛蒂的聲音聽起來很傷心。她怎麼啦？

---

soup　[sup]　*n.* [C] 湯

· I'd like to order a chicken **soup**.

我要點一份雞湯。

· I eat the **soup** which my mom cooked for me.

我喝了我媽媽為我煮的湯。

south	[sauθ]	*n.* 南方 (the south)
		adj. 南方的，在南方的
		adv. 往南方

- The birds would fly from the north to the **south** in winter.　鳥兒在冬天會從北方飛往南方。
- ★ <u>in</u>/<u>on</u> the south of　在～的南部
- Pingtung is <u>in</u>/<u>on</u> the **south** of Taiwan.
  屏東在臺灣的南部。
- The **south** wind is not cool at all.
  這南風一點都不涼爽。
- We drive **south** to the warm beach.
  我們往南方開，開到一個溫暖的海灘。

| space | [spes] | *n.* [C][U] 空地；空間 |
| | | *n.* [U] 太空 |

- I bought a house with a parking **space** last year.
  我去年買了一棟附停車位的房子。
- There is not enough **space** in this room to put one more table.
  這房間沒有足夠的空間再擺進一張桌子。
- No one really knows how big outer **space** is.
  沒有人確切知道外太空有多大。

★ spaceman　太空人　space ship　太空船

| speak | [spik] | *v.t. v.i.* 說～（語言）；說話 |

| (～, spoke, spoken) |

- Willy can **speak** good English.
  威利英語說的很好。

★ speak <u>to/with</u> sb.　與某人說話

- Sue is still angry, so she doesn't want to **speak** to
  Peter.　蘇還在生氣，所以她不想跟彼得說話。

special ['spɛʃəl]　*adj.* 特別的

- I have something **special** for you.
  我有個特別的東西要給你。

spell　[spɛl]　*v.t.* 拼字

- There are some **spelling** mistakes in this sentence.
  這句子裡有一些拼字上的錯誤。

- Do you know how to **spell** the word "television"?
  你知道「電視」這個字怎麼拼嗎？

spend　[spɛnd]　*v.t.* 花費（錢；時間）；渡過（時間）（～, spent, spent）

★ spend + <u>金錢</u> / <u>時間</u> + <u>(in) V-ing</u>/<u>on N</u>
把錢 / 時間花在～上面

- Mary **spent** a lot of money buying clothes.
  瑪莉花了很多錢在買衣服上。

- Larry has **spent** one hour on his homework.
  賴瑞已經花了一小時的時間在功課上。

- We decide to **spend** this weekend in Nantou.

我們決定在南投度週末。

spoon [spun] *n.* [C] 一湯匙的量；湯匙

· Put one more **spoon** of sugar to the coffee, please.
請再放一湯匙的糖到這咖啡裡。

· I had my soup with a **spoon**. 我用湯匙喝湯。

★ be born with a silver spoon in one's mouth
出生富貴

· Lily's father is a rich man, so she was born with a
silver spoon in her mouth. 莉莉的爸爸是有錢
人，所以她是啣著銀湯匙出生的。

sport [sport] *n.* [C][U] 運動(常用複數 **sports**)

· Jogging is a good **sport**. It could keep you
healthy. 慢跑是不錯的運動，可以讓你保持健康。

★ play sports 做運動

· Sam spends at least an hour playing **sports** every
day. 山姆每天花至少一小時的時間做運動。

spring [sprɪŋ] *n.* [C][U] 春天；泉水

· If winter comes, can **spring** be far away?
冬天來了，春天還會遠嗎？

★ hot spring 溫泉

· Taking a hot **spring** bath could make you more
beautiful. 泡溫泉可以讓你變的更美麗。

square [skwɛr] *n.* [C] 正方形；廣場

- It is easy to draw a **square** with a ruler.
  有一把尺就可以輕易地畫出正方形。
- Times **Square** is one of the most famous places in New York.　時代廣場是紐約最著名的地方之一。

stand	[stænd]	v.i. 站立；忍受（較常用於否定句及疑問句）(~, stood, stood)

★ stand up　起立
- The class **stood** up when the teacher came.
  老師來的時候，全班同學都站了起來。
★ stand sb. up　放某人鴿子
- Why did you **stand** me up last night? I waited for an hour.　你昨晚為何放我鴿子？我等了一小時。
- I can't **stand** any noise when I study.
  在我唸書的時候，我不能忍受任何噪音。

star	[star]	n. [C] 星星；明星

- There are hundreds of thousands of **stars** in the sky.　在天上有成千上萬顆星星。
- Jackie Chan is now a famous movie **star** all over the world.　成龍現在是世界知名的電影明星。

start	[start]	v.t. v.i. 開始 = **begin**；發動

★ start + to V/V-ing　開始~
- I **started** to learn/learning English when I was ten.
  我從十歲開始學英文。

- The driver **started** the car and then drove away.
  駕駛人發動車子，然後把車開走了。

station	*n.* [C] 車站；(各種機構的) 站，局
[ˋsteʃən]	

- The train will arrive at the **station** at 10:45 a.m.
  火車會在早上十點四十五分抵達車站。

★ police station　警察局

- The police **station** is next to the bank.
  警察局在銀行隔壁。

stay	[ste]	*v.t. v.i.* 待，停留 ↔ **leave**
		v.i. 繼續，保持　*n.* 停留

- I don't want to go on a picnic. May I **stay** home tomorrow?
  我不想去野餐。明天我可以待在家嗎？

- You must exercise if you want to **stay** healthy.
  如果你想保持健康的話，你必須運動。

- I want to visit more places during my **stay** in America.
  在我停留在美國的時間裡，我想多參觀一些地方。

steak	[stek]	*n.*[C][U] 牛排，排餐

- Do you want some salad before the **steak**?
  在吃牛排之前，你想先吃些沙拉嗎？

注意

S

steak 一般指牛排。但如果前面加其他名詞，便可以指其他排餐，如 fish steak（魚排）、pork steak（豬排）、chicken steak（雞排），當然牛排也可說成 beef steak。

still [stɪl] *adv.* 仍然；還要（強調比較級）
adj. 靜止的

- It has rained for three days, and it is **still** raining now.　雨已經下三天了，而且現在還在下雨。

- Two men can't do this job; I need **still** more people to help.　兩個男人是做不了這工作的，我需要更多人來幫忙。

★ keep still　保持靜止不動

- The kid keeps **still** on his bed. He is sleeping now.　那孩子躺在床上靜止不動。他現在正在睡覺。

stomach [ˈstʌmək] *n.* [C] 胃
n. 食慾，胃口

★ on an empty stomach　空胃

- You should not take medicine on an empty **stomach**.　你不應該在空胃的時候吃藥。

★ stomachache　胃痛

- I had a **stomachache**, and I couldn't eat anything all day.　我胃痛，一整天都無法吃任何東西。

★ have no stomach for　對～沒胃口

- I have no **stomach** for that cake; I think it is too

sweet.

我對那個蛋糕沒什麼興趣，我覺得它太甜了。

---

stop [stɑp] *v.t. v.i.* 停止 *v.t.* 阻止
n. [C] 停車站

· The rain **stopped** in the afternoon.

下午時雨停了。

★ stop + to V　停下動作去做～

· Mary **stopped** to work when she saw the boss
coming.

看到老闆過來時，瑪莉停下原本的動作，開始工作。

★ stop + V-ing　停下～動作

· Mary **stopped** working when it was 5:30 p.m.

在晚上五點半時，瑪莉就停止了工作。

★ stop sb. from V-ing　阻止某人做某事

· The rain **stopped** them from coming to the party
on time.　這場雨使得他們不能準時參加派對。

★ bus stop　公車站

· I waited for the bus at the bus **stop**.

我在公車站等公車。

---

store [stor] n. [C] 商店 **= shop** *v.t.* 貯存

· My father runs a small **store** in the country.

我父親在鄉下經營一家小商店。

★ convenience store　便利商店

- Convenience **stores** are almost everywhere in Taiwan. 臺灣幾乎到處都有便利商店。
- The typhoon is coming, so many people **store** food at home.
  颱風即將來臨，所以許多人都在家裡貯糧。

---

story [ˋstorɪ] *n.* [C] 故事；樓層

- I ask Mother to tell a bedtime **story** before I sleep.
  我要求媽媽在我睡覺前說一個床邊故事。
★ another story 另一回事
- This idea sounds good for me, but for Tom, it is quite another **story**. 這主意我覺得不錯，但對湯姆而言，就完全是另一回事了。
- This is a thirty-**story** building.
  這是一棟三十層樓的建築物。

---

strange *adj.* 奇怪的；陌生的
[strendʒ]

- It is **strange** to wear a shirt to play basketball.
  穿著襯衫打籃球很奇怪。
- I have a **strange** cat. It is afraid of mice.
  我有一隻奇怪的貓。牠居然怕老鼠。
★ be strange to sb. 對～而言是陌生的
- The job is **strange** to me. I have to spend more time learning.

這工作對我而言很陌生，我得多花點時間學習。

stranger	*n.* [C] 陌生人；初到者；生手
[ˋstrendʒɚ]	

- Kids should not talk to any **stranger**.
  小孩子不應該跟任何陌生人交談。
- I am a **stranger** in this city.
  在這個城市，我算是個外地人。

★ a stranger to + N　對～外行

- Jack is a **stranger** to computers.
  傑克對電腦一竅不通。

street	[strit]	*n.* [C] 街

- You should not play ball on the **street**. It is very
  dangerous.　你不應該在街道上玩球，很危險。

strong	[strɔŋ]	*adj.* 強壯的 ↔ **weak**；（飲料）強
		烈的

- If you can keep exercising, you would be a **strong**
  person.
  如果你能持續運動，你就會成為一個強壯的人。
- The coffee is too **strong** for teenagers to drink.
  這種咖啡對青少年而言太強烈，他們不應該喝。

student	*n.* [C] 學生
[ˋstjudn̩t]	

- A good **student** should not be late for school.

265

好學生上學不應該遲到。

study [ˋstʌdɪ]	*v.t. v.i.* 研讀，學習
	n. [C][U] 學習，研究 (**studies**)
	n. [C] 書房

· Keep quiet. Your sister is **studying** English.

保持安靜。你姊姊正在讀英文。

· Amy spends a lot of time on her English **studies**.

艾咪在她的英語學習上花了許多的時間。

· Willy is interested in the **study** of birds.

威利對鳥類調查感到有興趣。

★ under study　在研究中

· The plan to Mars is still under **study**.

到火星的計畫尚在研究中。

· You can find the book you want in my **study**.

你可以在我的書房找到你要的書。

| stupid [ˋstjupɪd] | *adj.* 笨的 ↔ **smart** |

· You are **stupid** to believe what he said.

= It's **stupid** of you to believe what he said.

你真笨，居然會相信他的話。

| successful [səkˋsɛsfəl] | *adj.* 成功的 |

· The **successful** businessman makes lots of money.

那個成功的商人賺了許多錢。

★ be successful in + N/ V-ing　在～方面成功

· Steven is **successful** in running a bank.
史蒂芬成功的經營一家銀行。

---

sugar　[ˋʃʊgɚ]　*n.* [U] 糖

★ sugar free　無糖的

· The chocolate is **sugar** free. It is not sweet.
這巧克力是無糖的。它不甜。

★ a lump of sugar　一塊方糖

· I always put two lumps of **sugar** in my coffee.
我總是在咖啡裡放兩塊方糖。

---

summer　　　　　*n.* [C][U] 夏天
[ˋsʌmɚ]

· It is hot and wet in **summer** here.
這裡的夏天又熱又濕。

★ summer camp　夏令營
summer vacation　暑假

---

sun　　　[sʌn]　*n.* [C][U] 太陽

· After raining for days, the **sun** finally shows up.
連下了好幾天雨後，太陽總算露出臉來。

★ sunglasses　太陽眼鏡

· The **sun** is bright so I put on my **sunglasses**.
陽光刺眼，所以我戴上我的太陽眼鏡。

267

Sunday [ˋsʌnde]	*n.* [U][C] 星期日

- I go to church on **Sundays**. 我星期日上教堂。

sunny [ˋsʌnɪ]	*adj.* 有陽光的，暖和的

- I like to play basketball outside when it is **sunny**.
  天氣暖和時，我喜歡到室外打籃球。

supermarket [ˋsupɚ͵mɑrkɪt]	*n.* [C] 超市

- I bought some vegetables and drinks in the
  supermarket. 我在超市買了些蔬菜和飲料。

sure [ʃur]	*adj.* 確信的 *adv.* 當然

★ be sure of + N 對～非常確信

- I am **sure** of his success in the future.
  我確信他未來會成功。

★ for sure 確切地

- I can't remember what he said for **sure**. You
  should ask him.
  我不能確切記得他說過的話。你應該去問他。

★ make sure 確定

- Make **sure** that you turn off the light before you
  leave. 在你離開之前，要確定你關掉燈了。

- "Could you give me a hand?"
  "**Sure**. What should I do?"

「能請你幫我個忙嗎？」「當然，我要做什麼？」

surprise	v.t. 使驚訝；使驚喜
[sə`praɪz]	n. [C][U] 驚奇；訝異

· Anne **surprised** me by kissing me on the face.
  安在我臉上親了一下，讓我感到很驚喜。
· Tim gave me a big **surprise** by asking me to marry him.
  提姆要求我嫁給他，給了我一個大大的驚喜。
★ to one's surprise　出乎某人的意料
· To my **surprise**, the crazy dog didn't bite me.
  出乎我意料之外，那隻瘋狗居然沒有咬我。

surprised	adj. 感到驚訝的
[sə`praɪzd]	

· I was **surprised** that the teacher called off the test today.　對於老師今天取消考試，我感到很驚訝。
★ be/feel surprised at　對～感到驚訝
· Father is **surprised** at my good grades in math.
  爸爸對我數學的好成績感到驚奇。

sweater	n. [C] 毛衣
[`swɛtɚ]	

· It was cold, so Jack put on his **sweater** before going out.
  天氣很冷，所以傑克出門前穿上他的毛衣。

sweet [swit] *adj.* 甜的；貼心的

· The bananas taste **sweet**. Do you want to eat some? 香蕉嘗起來很甜。你要吃一些嗎？

· It's so **sweet** of you to send me a birthday gift.
= You are so **sweet** to send me a birthday gift.
你真是貼心，還送生日禮物給我。

swim [swɪm] *v.i.* 游泳 (～, swam, swum)

· It is great to **swim** on a hot summer day.
在炎熱的夏天去游泳是很棒的。

table	[`tebl]	*n.* [C] 桌子

- Please pass me the salt on the **table**.
  請把桌子上的鹽巴遞給我。

★ set the table　在餐桌上擺置碗筷

- Mother is cooking, and she wants us to set the
  table first.
  媽媽正在煮飯，她要我們先把碗筷擺好。

Taiwan	*n.* 台灣
[`taɪ`wɑn]	

- **Taiwan** is located in Southeast Asia.
  台灣位於東南亞。

take	[tek]	*v.t.* 拿；花費（金錢；時間等）；
		吃～（藥）（～, took, taken）

- He **took** my notebook without telling me.
  他沒告知我就拿了我的筆記本。

★ it takes sb. + 時間 / 金錢 + to V
　花了時間 / 金錢～

- It **took** me three hours to clean my bedroom.
  我花了三個小時整理我的寢室。

★ sth. takes sb + 時間 / 金錢　某事物花了某人～

- This beautiful sweater **took** me about two
  thousand dollars.
  這件漂亮的毛衣花了我大概兩千塊。

- If you want to get better, you must **take** medicine.
  如果你想要病情好轉，你就必須服藥。

| talk | [tɔk] | *v.i.* 說話 *n.* [C][U] 交談 |

★ talk to/with sb. about sth.　與某人討論某事

- Mom is **talking** to my teacher about my life at school.
  媽媽正在和我的老師討論我在學校的生活。

★ talk back to sb.　對～頂嘴

- You should not **talk** back to your teacher like that.
  你不應該那樣跟你的老師頂嘴。

- I had a nice **talk** with my classmates last night.
  我昨晚和我的同學聊得很愉快。

| tall | [tɔl] | *adj.* （身高）高的 ↔ **short** |

- "How **tall** are you?" "I am six feet **tall**."
  「你身高多高？」「我六呎（約 183 公分）高。」

| tape | [tep] | *n.* [C] 磁帶（可泛指錄音帶或錄影帶）　*n.* [C][U] 膠帶 |

- Listen to the **tape** carefully and repeat after it.
  仔細聽錄音帶並跟著它重複唸一次。

★ a video tape　錄影帶

- I didn't go to the movies, but I watched some video **tapes**.　我沒去看電影，但看了一些錄影帶。

- I sealed the paper box with **tape**.

我用膠布把紙箱封起來。

| taste | [test] | *v.t. v.i.* 吃起來，嚐起來 |
| | | *n.* [C][U] 味道；愛好 |

- The cake **tastes** really good. Can I have one more?
  這蛋糕嚐起來味道真好。我可以再來一塊嗎？
- The milk got a funny **taste**; it may have gone bad.
  這牛奶的味道怪怪的；可能已經壞掉了。
- You like cakes and he loves pies. You have different **tastes**.
  你喜歡蛋糕而他愛餡餅。你們的喜好不同。

| taxi | [ˋtæksɪ] | *n.* [C] 計程車 |

★ by taxi 搭計程車
- I'll go to the meeting by **taxi** because I am going to be late.
  我將會搭計程車去參加會議，因為我要遲到了。

| tea | [ti] | *n.* [C][U] 茶 |

- I can't sleep at night because I drink too much **tea**.
  我因為喝了太多茶，所以晚上睡不著。

注意

tea（茶）的種類有許多種，較常見的「紅茶」英文叫做 black tea，
「綠茶」叫做 green tea。

| teach | [titʃ] | *v.t. v.i.* 教 (～, taught, taught) |

- My mother **teaches** me how to cook a fish.

273

我媽媽教我如何烹煮一條魚。

- Irene **teaches** English at school.
 艾琳在學校教英文。
- Kevin **teaches** in a senior high school.
 凱文在一所高中教書。

teacher [ˈtitʃɚ]　*n.* [C] 老師

- Holly is a good **teacher**; all her students love her.
 荷莉是個好老師，她的所有學生都喜愛她。

★ homeroom teacher　導師
- My homeroom **teacher** is kind to every student.
 我的導師對每個學生都很親切。

team　[tim]　*n.* [C] 隊伍，小組

- We are a **team**, so we have to work together.
 我們是一個小隊，所以我們必須一起工作。

★ teammate　隊友　teamwork　團隊合作

teenager　*n.* [C] 青少年
[ˈtinˌedʒɚ]

- Many **teenagers** can't get along well with their
 parents.　許多青少年和父母相處不好。

telephone　*n.* [C] 電話
[ˈtɛləˌfon]　*v.t.* 打電話給～

★ talk on the telephone　講電話
- I don't want to talk on the **telephone**. I must meet

you. 我不想在電話上談。我必須見你一面。

★ telephone number 電話號碼

· My **telephone** number is 02-2500-6600. Please call me back.

我的電話號碼是 02-2500-6600，請回電給我。

· Mary asks her husband to **telephone** her every day. 瑪莉要求她老公每天打電話給她。

television [ˈtɛləˌvɪʒən]	n. [C] 電視（常用縮寫 **TV** [ˈtiˈvi]）

★ watch television/TV 看電視

· Mother won' let me watch **TV** before I do my homework. 媽媽不准我做功課前看電視。

tell [tɛl]	v.t. 告訴，說 v.t. v.i. 識別 (~, told, told)

· I **told** you not to break the rules, didn't I?

我告訴過你不要犯規了，不是嗎？

★ tell sb. about sth. 告訴某人關於～

· Please **tell** me more about the news.

請再多告訴我一些有關那則新聞的事。

· I can't **tell** which bag is mine. They look all the same.

我分辨不出那個袋子是我的。它們看起來都一樣。

★ tell A from B 分辨 A 與 B

- Paul looks like his brother. It's hard to **tell** one from the other.

  保羅跟他弟弟長得很像。要分辨誰是誰很難。

ten	[tɛn]	*adj.* 十的 *n.* 十

- Eunice usually goes to bed at **ten** o'clock.

  尤妮斯通常十點睡覺。

- Turn to page **ten**, and you will find the answer to your question.

  翻到第十頁，你就會找到你的問題的答案。

tenth	[tɛnθ]	*adj.* 第十的 *n.* 第十

- John Tyler is the **tenth** President of the USA.

  約翰·泰勒是美國第十任總統。

- Our National Day falls on October the **tenth**.

  我們的國慶日在十月十日。

tennis	[ˋtɛnɪs]	*n.* [U] 網球（運動）

- Judy likes to play **tennis**; she wants to be a tennis player.

  茱蒂喜歡打網球，她希望將來能成為網球選手。

test	[tɛst]	*n.* [C] 小考；測試，檢驗
		v.t. 測驗，檢驗

- There will be a math **test** next Tuesday.

  下星期二將有一個數學小考。

- Sandy was asked to have a DNA **test**.

仙蒂被要求作 DNA 檢驗。

- If you can't see things clearly, you should have your eyes **tested**.

  如果你看東西看不清楚，那你應該要檢查眼睛了。

| than | [ðæn] | *conj.* 比（與比較級連用） |
| | | *prep.* 超過（後接數目） |

- Peter is taller/more serious **than** me/I am.

  彼得比我高 / 嚴肅。

★ would rather + V₁ + than + V₂　寧願～也不要～

- I'd **rather** stay home than go shopping with those girls.

  我寧願待在家，也不要和那些女孩去購物。

- Matt works more **than** eight hours a day.

  馬特每天工作超過八小時。

| thank | [θæŋk] | *v.t.* 謝謝　*n.* 感謝（～s） |

- **Thanks**. = **Thank** you.　謝謝。

★ thank sb. for N/V-ing　因～而感謝某人

- **Thank** you for your help.　感謝你的幫忙。

- Neo **thanked** me for giving him a ride.

  尼歐謝謝我載他一程。

- Many **thanks**. = A thousand **thanks**.

  = **Thanks** a lot.　非常感謝。

| that | [ðæt] | *art.* 那，那個 |

	pron. 那個人（件事）；代替關係代名詞 who 或 which
	conj. （引導名詞子句，做為動詞的受詞或名詞的同位語）

- Pass me **that** pen on the desk, please.
  請把書桌上的那隻筆傳給我。

- Do you see the kid over there? **That**'s my boy.
  你有看到在那裡的男孩嗎？那是我兒子。

- The man who/**that** sent me to the station is my father.　送我到車站的那個人是我爸爸。

- I bought a present which/**that** cost five hundred dollars for Mary.
  我買了一個價值五百元的禮物給瑪莉。

- Don't you know **that** the new teacher is coming today?　你不知道今天新老師要來嗎？

---

the　　[ðə/ðɪ]　　*art.* 這，那

- I received a card yesterday. **The** card is sent by my friend.
  我昨天收到一張卡片。那卡片是我朋友寄的。

★ **the** universe　宇宙（獨一無二）

the highest mountain　最高的山（最高級）

the stronger of the two　兩者中較強的（比較級）

the Pacific Ocean　太平洋（專有名詞）

注意

the 在 a、e、i、o、u 等字母起首的字之前要唸成 [ðɪ]，在其餘
字母起首的字之前則唸成 [ðə]。

theater [ˈθiətɚ]　*n.* [C] 電影院；戲院

★ movie theater　電影院

· I went to the movie **theater** to see a movie.

　我去電影院看電影。

then　　[ðɛn]　　*adv.* 那時，當時 ；然後

· You were short and fat **then**, but you look pretty
  now.

　當時妳又矮又胖，但現在妳看起來很漂亮。

· Turn right on the next street, and **then** you'll see
  the theater.

　下一條街右轉，然後你就會看到電影院。

there　　[ðɛr]　　*adv.* 那裡

　　　　　　　　　　　　pron. 有（與 be 動詞連用）

· We had a good time **there**.

　我們在那裡玩得很愉快。

· **There** are five books on the desk.

　書桌上有五本書。

these　　[ðiz]　　*art.* 這些的　　*pron.* 這些

· **These** pens are mine, and those are yours.

　這些筆是我的，那些是你的。

T

- Do you see the candies on the table? All of **these** are yours. 你看到桌上糖果嗎？這些全是你的。

---

they [ðe] *pron.* 他 / 她 / 它們

- My parents promise that **they** will take me to Japan this year. 我父母承諾今年會帶我去日本。

比較

受格	所有格	所有代名詞	複合人稱代名詞
them	their	theirs	themselves
[ðɛm]	[ðɛr]	[ðɛrz]	[ðəm`sɛlvz]

- The children became very excited when the teacher gave **them** some cookies.
  當老師給這些小孩餅乾時，他們變得很興奮。
- My grandparents spend mot of **their** time at home.
  我祖父母大多數的時間待在家裡。
- The Browns went to visit a friend of **theirs** this weekend.
  布朗一家人這個週末去拜訪他們的朋友。
- The players lost the game because they gave **themselves** up. 那些球員因為自我放棄而輸球。

---

thin [θɪn] *adj.* 瘦的 ↔ **fat**；薄的 ↔ **thick**；細的；稀疏的；稀薄的

- I was fat before, but now I am **thinner**.
  我以前胖胖的，不過現在我比較瘦。

- The book is light and **thin**.　這本書又輕又薄。
- Pan drew a **thin** red line to mark the key words.
  潘畫一條細細的紅線，標示出關鍵字。
- My father's hair is **thin**.　我爸爸的頭髮很稀疏。
- The air is **thin** in the high mountains.
  高山上的空氣很稀薄。

---

thing　[θɪŋ]　*n.* [C] 物品；事情

- Remember to bring all the **things** I told you.
  記得把我告訴你要帶的東西全都帶著。
- I have lots of **things** to do today.
  我今天有一大堆事情要做。

---

think　[θɪŋk]　*v.t. v.i.* 想；認為

　　　　　　　　　　　　　（～, thought, thought）

- Peter **thought** for a long time before he decided to leave.

  彼得下定決心要離開之前，思考了很長一段時間。

★ think of + N　想起～

- The doll makes me **think** of my little daughter.
  這洋娃娃我想起我的小女兒。

★ think about + N　考慮～

- "Do you want to see a movie?"

  "I am **thinking** about it."

  「你想要看電影嗎？」「我正在考慮。」

- I don't **think** this is a good idea.

  我不認為這是個好主意。

---

third [θɝd]   *adj.* 第三的   *n.* 第三

- I am the **third** child in my family.

  我是我們家第三個小孩。

- Mary was happy that she finished **third** in the race.   瑪莉很高興在比賽中獲得第三名。

---

thirsty [ˋθɝstɪ]   *adj.* 口渴的;渴望的

- I felt quite **thirsty** after jogging for an hour.

  慢跑一小時後,我覺得非常口渴。

★ be thirsty for + N   渴望~

- Rick is **thirsty** for the new bicycle.

  瑞克渴望擁有那部新腳踏車。

---

thirteen   *adj.* 十三的,十三個的
[θɝˋtin]   *n.* 十三

- The tall building has **thirteen** floors.

  這棟高樓有十三層樓。

- **Thirteen** is an unlucky number for Americans

  十三對美國人來說是不吉利的數字。

---

thirty [ˋθɝtɪ]   *adj.* 三十的,三十個的   *n.* 三十

- There are **thirty** parks in this big city.

  這座大城市裡有三十座公園。

- Eric is in his **thirties** and has two children.

艾瑞克三十幾歲，有兩個小孩。

| this | [ðɪs] | *art.* 這，這個 |
| | | *pron.* 這個人（件事物） |

- **This** doll belongs to me. 這個洋娃娃是我的。
- After reading so many books, I find **this** is my favorite.
  在讀過這麼多書之後，我發現這本才是我的最愛。

| those | [ðoz] | *adj.* 那些 |
| | | *pron.* 那些人（事物） |

- **Those** books are mine, not yours.
  那些書是我的，不是你的。
- Don't eat the dishes on the desk. **Those** are all my dinner. 別吃桌上的菜，那些全是我的晚餐。
- ★ those who + V 那些～的人
- God helps **those** who help themselves.
  [諺] 天助自助者。

| though | [ðo] | *conj.* 雖然，儘管 = **although** |

- **Though** I am your friend, I can't help you cheat.
  儘管我是你朋友，我還是不能幫你作弊。

| thousand | *n.* [C][U]（一）千 |
| [ˋθauzn̩d] | |

- The new pair of shoes cost me five **thousand** dollars. 這雙新鞋花了我五千塊錢。

★ **thousands of + Ns** 數以千計的～

· **Thousands** of people work in the big factory.

數以千計的人在這個大工廠裡工作。

注意

thousand 只有在跟 of 連用，表示「數以千計的～」時，後面才加 s，一般情況之下是不加的。例如：「兩千元」是 two thousand dollars 而非 two thousands dollars。

---

three [θri] *adj.* 三的，三個的 *n.* 三

· There are **three** people in my family, including me and my parents.

我家有三個人，包含我跟我的父母。

· It's almost **three**! We can go to enjoy some afternoon tea.

快三點了！我們可以去享用下午茶。

Thursday *n.* [U][C] 星期四
[`θɜˑzde]

· I have a piano lesson every **Thursday**.

我每個星期四有鋼琴課。

---

ticket [`tɪkɪt] *n.* [C] 票，入場券；罰單

· You can't get on the train without a **ticket**.

沒車票你就不能上火車。

★ ticket <u>for/to</u> + N ～的票

· I got two **tickets** <u>for/to</u> the basketball game for

284

free.　我免費拿到兩張籃球比賽的票。

- Jason got a **ticket** for parking in the wrong place.
  傑森因為隨便亂停車而收到一張罰單。

---

tiger　　[ˋtaɪgɚ]　*n.* [C] 老虎

- Don't be close to the **tiger**. It is very dangerous.
  別靠近那隻老虎，那很危險。

---

time　　[taɪm]　*n.* [U] 時間　*n.* [C] 次數

- "What **time** is it now?" "It is twelve thirty."
  「現在幾點鐘啦？」「十二點三十分。」

★ It's time for sb. + to V　該是～的時候了

- It's **time** for you to wake up and eat breakfast.
  你該起床吃早餐了。

★ (at) any time　任何時候；隨時

- You can come to play any **time**.
  你隨時都可以過來玩。

★ at the same time　同時

- It is dangerous to drive and talk on the phone at
  the same **time**.　同時開車和講電話很危險。

★ in time　及時（剛好來得及）

- I arrived at the airport in **time**. I was almost late.
  我及時趕到機場，差一點就遲到了。

★ on time　準時

- You should go to school on **time**.

285

你應該準時到校。

- Lily goes swimming three **times** a week.
  莉莉每週游泳三次。

---

tired [taɪrd] *adj.* 疲倦的；厭倦的

- After doing all the work, I feel very **tired**.
  做完所有工作後，我感到非常疲倦。

★ be tired of + N/V-ing　對～感到厭倦

- I am **tired** of watching TV all day.
  我對於一整天看電視感到厭煩。

---

to [tu] *prep.* 到，往；為了～；在～分
之前；隨著～

- Adam always goes **to** school with his brother.
  亞當總是跟他哥哥一起去上學。

- **To** catch the first bus, you have to get up very
  early.　要搭上地一班的公車，你必須要非常早起。

- It's five **to** nine.　差五分鐘就九點了。

- All the guests danced **to** the music.
  所有的客人隨著音樂起舞。

---

today [tə`de] *adv.* 今天；在現今　*n.* [U] 今天

- We really had a good time at the beach **today**.
  我們今天在海邊真地玩得很愉快。

- **Today** we have much better life than years ago in
  Taiwan.

台灣現今跟數年前比起來，我們有更好的生活。

- "What date is **today**?" "May tenth."

  「今天幾月幾號？」「五月十號。」

| together | adv. 一起 |
| [tə`gɛðɚ] | |

- Every family will get **together** on Chinese New Year's Eve.　在除夕夜每個家庭會聚在一起。

| tomato | n. [C] 蕃茄 (**tomatoes**) |
| [tə`meto] | |

- Is a **tomato** a kind of vegetable or fruit?

  蕃茄是一種蔬菜還是一種水果？

| tomorrow | n. [U] 明天 |
| [tə`mɔro] | adv. 明天 |

- **Tomorrow** will be my birthday, and I'll hold a party.　明天是我生日，我會辦個派對。

★ the day after tomorrow　後天

- Today is Friday, and the day after **tomorrow** would be Sunday.

  今天禮拜五，那麼後天就是禮拜天。

- See you **tomorrow**.　明天見。

| tonight | adv. 今晚 |
| [tə`naɪt] | n. [U] 今晚 |

- I drank too much coffee; I don't think I can sleep

tonight. 我喝太多咖啡，我想今晚我睡不著了。

- Did you watch **tonight**'s news on TV?
  你看到今晚電視上的新聞了嗎？

---

too	[tu]	*adv.* 太～；也

- It's **too** cold today. I don't want to go out at all.
  今天太冷了。我一點也不想出門。

★ too + Adj/Adv + to V　太～而不能～

- Hank is **too** tired to work anymore.
  漢克太累，所以不能再繼續工作了。

- "I like that movie." "I like it, **too**."
  「我喜歡那部電影。」「我也喜歡。」

---

tooth	[tuθ]	*n.* [C] 牙齒（**teeth** [tiθ]）

- Remember to check your **teeth** once a year.
  記得要一年檢查一次你的牙齒。

★ brush one's teeth　刷牙

- Do you brush your **teeth** after every meal?
  你每餐飯後都有刷牙嗎？

---

touch	[tʌtʃ]	*v.t.* 接觸，觸摸；感動
		n. [U] 聯繫，接觸

- You should not **touch** the art works in the museum. 你不該去碰那些博物館裡的藝術品。

- I was **touched** by that movie. I cried when I saw it. 我被那部電影所感動。我看那部電影時哭了。

★ keep in touch with　與～保持聯繫

· I still keep in **touch** with my classmates in
elementary school.
我仍然與小學的同班同學保持聯繫。

---

towel [ˈtauəl]　*n.* [C] 毛巾

· I clean the table and chairs with a **towel**.
我用一條毛巾把桌子跟椅子擦乾淨。

---

town [taun]　*n.*[C] 鎮，城鎮

· My family moved to the **town** from the country
last month.　我家上個月從鄉下搬到鎮上去。

★ downtown　商業區

· My sisters are going to shop in **downtown**.
我的姊姊們正要去商業區購物。

---

toy [tɔɪ]　*n.* [C] 玩具

· Those kids are playing with their **toys**.
那些孩子們正在玩他們的玩具。

· The boy asks his father to buy a **toy** train for him.
那男孩要求他爸爸買個玩具火車給他。

---

traffic [ˈtræfɪk]　*n.* [U] 交通

· There is much **traffic** in the rush hour.
尖峰時段行人和車輛（交通）很多。

★ heavy traffic　塞車

· David was late because of the heavy **traffic**.

大衛因為塞車而遲到了。

★ a traffic light　紅綠燈

- It is safe to go when the **traffic** light turns green.
  交通號誌燈變綠的時候，就可以安全通過了。

| train | [tren] | *n.* [C] 火車　　*v.t.* 訓練 |

- I will go to Taipei by **train** tomorrow morning.
  我明天早上要搭火車到台北。

★ get <u>on</u>/<u>off</u> the train　上／下火車

- We'll get off the **train** at the next station.
  我們要在下一站下（火）車。

- The boy was **trained** to be a basketball player.
  那男孩被訓練為一個籃球選手。

| tree | [tri] | *n.* [C] 樹 |

- Grandpa grew some **trees** in the garden.
  爺爺在花園裡種了幾棵樹。

| trip | [trɪp] | *n.* [C] 旅行 |

★ take a trip to + N　到～去旅行

- I plan to take a **trip** to America this summer.
  我計畫在這個夏天到美國去旅行。

trouble	[ˈtrʌbl̩]	*n.* [C][U] 麻煩
		n. [U] 故障（介系詞用 with）
		v.t. 使煩惱

- You have a big **trouble**.　你有大麻煩了。

★ have trouble + V-ing　做～有困難
- Many people have **trouble** speaking in public.
  許多人在公開演講方面感到有困難。
★ get into trouble　惹麻煩
- "Don't get into **trouble** at school," my mother said.　我媽媽說：「不要在學校惹麻煩。」
- There are some **troubles** <u>with</u> my truck. I can't start it.　我的卡車有點故障。我無法發動它。
- The math test tomorrow really **troubles** me.
  明天要舉行的數學小考真的讓我很煩惱。

---

truck　[trʌk]　*n.* [C] 卡車
- These desks will be sent to the school by **truck**.
  這些書桌會用卡車載到學校去。

---

true　[tru]　*adj.* 真的
- Everything I said is **true**. I didn't lie to you.
  我說的每件事都是真的，我沒有對你說謊。
★ a dream come true　夢想實現
- Your dream will come **true** if you work hard.
  如果你努力的話，你的夢想一定會實現的

---

try　[traɪ]　*v.t. v.i.* 嘗試　*n.* [C] 嘗試
- **Try** this cookie. It is really delicious.
  試試這塊餅乾，真的很好吃。
- I **tried** to move the table by myself but I couldn't.

我試著自己搬過那張桌子，但我搬不動。

★ try on + N　試穿～

· You had better **try** on the shoes before you buy them.　你在買下鞋子之前，最好先試穿過。

★ give it a try　嘗試一次

· Don't give up before you give it a **try**.
不要在嘗試過一次之前就放棄。

Tuesday　　　　*n.* [U][C] 星期二
[ˋtjuzde]

· **Tuesday** comes after Monday.
星期二在星期一之後。

---

turn　　[tɝn]　　*v.t. v.i.* 轉；使變得

　　　　　　　　　n. [C]（輪流時的）一個班次

★ turn right/left　右轉 / 左轉

· You should **turn** left if you want to go to the park.
如果你是要去公園的話，應該要左轉。

★ turn on/off + N　打開 / 關上～

· Please **turn** off the light when you leave.
在你離開的時候，請把燈關掉。

★ turn in + N　交出 / 交上～

· My teacher asked me to **turn** in my homework on time.　我的老師要求我準時交出作業。

· It is your **turn** to do the dishes.　輪到你洗碗了。

twelve [twɛlv]　　*adj.* 十二的，十二個的　　*n.* 十二

- There are **twelve** months in a year.
  一年有十二個月。
- **Twelve** of the students in that class are from
  Japan.　那個班級裡有十二個學生來自日本。

twenty　　*adj.* 二十的，二十個的　　*n.* 二十
[ˋtwɛntɪ]

- The rich man has **twenty** cars.
  那個有錢人有二十部車。
- Ten and ten is/are **twenty**.　十加十等於二十。

two　　[tu]　　*adj.* 二的，兩個的　　*n.* 二

- I have **two** pets; one is a dog and the other is a cat.
  我有兩隻寵物；一隻是狗，一隻是貓。
- I'd like a table for **two**.　我要兩個人的桌子。

typhoon　　*n.* [C] 颱風
[taɪˋfun]

- The **typhoon** will bring strong wind and heavy
  rain.　那個颱風將會帶來強風和豪雨。

umbrella	n. [C] 雨傘
[ʌmˋbrɛlə]	

· It might rain today, so don't forget to bring your **umbrella**.　今天可能會下雨，所以別忘了帶傘。

uncle	[ˋʌŋkl̩]	n. [C] 叔叔；伯伯；舅舅；姑丈

· My **uncle** and aunt will come to visit us this weekend.

這個週末，我叔叔跟阿姨要來拜訪我們。

under	[ˋʌndɚ]	prep. 在～下面
		adv. 低於～；未滿～

· There's a cat **under** your chair.
你的椅子下有隻貓。

· It is so cold. It is **under** 10°C today.
好冷。今天氣溫低於 10°C。

· Children **under** eighteen can't see this movie.
未滿十八歲的孩子不能看這部電影。

understand	v.t. v.i. 明白，瞭解
[͵ʌndɚˋstænd]	(～, understood, understood)

· Do you **understand** what I am saying?
你了解我在說什麼嗎？

unhappy	adj. 不高興的 ↔ **happy**
[ʌnˋhæpɪ]	

· Dad was **unhappy** about my poor grades.

U

父親對我糟糕的成績感到很不高興。

uniform	*n.* [C] 制服
[ˋjunəˏfɔrm]	

· Students have to wear **uniforms** at school.
學生在學校必須穿制服。

until	[ənˋtɪl]	*prep.* 直到	*conj.* 直到

★ not...until... 直到～才～

· I didn't go to bed **until** 10:00 p.m.
直到晚上十點我才上床睡覺。

· I forgot to do my homework **until** my mother told
me to. 直到媽媽告訴我，我才想起來要寫作業。

up	[ʌp]	*adv.* 向上 ↔ **down**；起來；由小
		到大，由少變多

· The birds flew **up** into the air. 小鳥飛上了天空。

★ get up 起床

· Jack goes to bed and gets **up** early every day.
傑克每天都早睡早起。

★ go up 上升

· House prices are still going **up**.
房價仍持續上升中。

★ be up to sb. 取決於某人

· Where you want to go is **up** to you. Don't ask me.
你想去哪裡取決於你自己。不要問我。

U

★ What's up　發生什麼事了？

- What's **up**? Why does everyone here look sad?
  怎麼了？為什麼這裡的每個人看起來都很傷心？

USA [ˌju ɛs `e]　*n.* 美國 = **US**

- **USA** is short for the United States of America.
  美國是美利堅合眾國的簡稱。

---

use　[juz]　*v.t. v.i.* 用

　　　[jus]　*n.* [C][U] 使用

- I **used** all my money to buy a new toy.
  我用我所有的錢買了一個新的玩具。

★ make use of + N　利用，使用

- Mary made **use** of the bottles to grow flowers.
  瑪莉利用那些瓶子來種花。

---

useful [`jusfəl]　*adj.* 有用的 ↔ **useless**

- It is always **useful** to read more books.
  多讀點書總是有用的。

---

usually [`juʒəlɪ]　*adv.* 通常

- What do you **usually** do after work?
  你下班後通常做什麼？

U

| **vacation** | *n.* [C][U] 假期 |
| [ve`keʃən] | |

- "How did you spend the long **vacation**?"
  "I took a trip to America."
  「你的長假怎麼渡過的?」「我到美國旅行了。」

★ summer/winter vacation　暑 / 寒假

| **vegetable** | *n.* [C] 蔬菜 |
| [`vɛdʒətəbl] | |

- Green **vegetables** are rich in vitamin C.
  綠色蔬菜富含維它命 C。

| **very**　[`vɛrɪ] | *adv.* 非常地,很 |

- Sara is **very** friendly to everyone she knows.
  莎拉對她所認識的每個人都非常地友善。

- "I have done my homework." "**Very** good."
  「我已經寫完回家作業了。」「很好。」

| **video**　[`vɪdɪˏo] | *n.* [C] 錄影機;錄影帶 |
| | *adj.* 電視影像的 |

- We stayed at home and watched **videos** all night.
  我們待在家裡看了整晚的錄影帶。

★ a video game　電動遊戲

- Most boys love to play **video** games.
  大多數的男孩喜歡玩電動遊戲。

| **visit**　[`vɪzɪt] | *v.t.* 拜訪;參觀 |

- I **visited** my teacher in senior high school last weekend.　我上週末去拜訪了我的高中老師。
- This was the first time John **visited** the museum. 這是約翰第一次參觀這家博物館。

---

voice　[vɔɪs]　*n.* [U] 聲音

- Vanessa has a beautiful **voice**. She wants to be a singer.

  凡妮莎有很美的聲音。她想成為一個歌手。

V

wait [wet] *v.i.* 等待

★ wait for + N 等待～

- I have **waited** for the bus for half an hour.
  我已經等公車等了半個小時了。

---

waiter [`wetə`] *n.* [C] （男）服務生

- I tell the **waiter** that I can order now.
  我告訴那個服務生，現在我可以點餐了。

---

waitress *n.* [C] 女服務生
[`wetrɪs`]

- My sister works as a **waitress** at the high-class
  restaurant. 我姐在這家高級餐廳當女服務生。

---

wake [wek] *v.i.* 醒來
v.t. 喚醒（～, woke, woken）

★ wake up 醒來

- When I **woke** up, the party was over and everyone
  had left. 當我醒來的時後，派對已經結束，所有
  人也都已經離開了。

★ wake sb. up 叫醒某人

- Don't **wake** her up. Let her sleep for more time.
  別叫醒她。讓她多睡點。

---

walk [wɔk] *v.i.* 走路 *v.t.* 蹓～（寵物）
n. [C] 步行

- I have to **walk** to school when I don't catch the

bus. 我沒趕上公車時，就得走路去上學。

- I usually **walk** my dog in the park.
  我通常在公園裡蹓我的狗。

★ take a walk 散步

- Grace likes to take a **walk** under the moonlight.
  葛蕾絲喜歡在月光下散步。

wall	[wɔl]	*n.*[C] 牆壁

★ on the wall 在牆上

- Peter is looking at the picture on the **wall**.
  彼得正在看牆上掛著的那幅畫。

want	[wɑnt]	*v.t.* 想要

- Sandy **wants** a big butter cake on her birthday.
  仙蒂在她的生日想要一個好大的奶油蛋糕。

- What on earth do you **want** me to do?
  你到底想要我做什麼？

warm	[wɔrm]	*adj.* 溫暖的 ↔ **cool**
		v.t. 使溫暖 (~ up)

- It's **warm** in spring and cool in autumn.
  春天很溫暖，秋天很涼爽。

★ keep sb. warm 讓某人保持溫暖

- The sweater would keep you **warm** in the winter.
  這件毛衣可以讓你在冬天的時候保持溫暖。

- A cup of hot coffee will **warm** you up on the cold

days. 在冷天裡，一杯熱咖啡會使你暖和起來。

★ warm up 暖身，做準備

· The players are **warming** up before the game
  starts. 這些選手在比賽開始前做暖身運動。

---

wash [waʃ] *v.t.* 洗

· Remember to **wash** your hands before eating.
  吃飯前要記得洗手。

---

watch [watʃ] *v.t.* 看著　*n.* [C] 手錶

· I went bird **watching** with my father in the
  mountains. 我跟父親去山上賞鳥。

★ watch sb. V/V-ing　看著某人～

· Monica **watches** her son get/getting on the school
  bus every day. 莫妮卡每天看她兒子坐上校車。

· My **watch** is three minutes slow.
  我的手錶慢了三分鐘。

---

water [ˈwɔtɚ] *n.* [U] 水　*v.t.* 澆水

· I drink some **water** after exercising.
  在運動過後，我喝了一些水。

· I have to **water** my flowers three times a week.
  我一星期必須替我的花澆三次水。

---

way [we] *n.* [C] 路；方法；方面，點

· "Where are you now?" "I am on my **way**."
  「你現在在哪兒？」「我在路上了。」

W

★ on the way to + N　在到某地去的路上

· On the **way** to school yesterday, I met an old friend.　昨天上學途中，我遇到一個老朋友。

· I can't think of any other **way** to help you.
我想不出其他的方法可以幫你了。

★ by the way　順道一提

· By the **way**, can you buy me some milk after work?

順道一提，你可以在下班後幫我買些牛奶嗎？

★ no way　不可能

· "Can you come to work this Sunday?" "No **way**."
「你這禮拜天可以來工作嗎？」「不可能。」

· They see the same question in different **ways**.
他們以不同的觀點來看相同的問題。

| we | [wi] | *pron.* 我們 |

· **We** all think that our English teacher is very kind.
我們都覺得我們的英文老師很和藹。

比較

受格	所有格	所有代名詞	複合人稱代名詞
us	our	ours	ourselves
[ʌs]	[aʊr]	[aʊrz]	[aʊr`sɛlvz]

· Please help **us** find the way home.
請幫助我們找到回家的路。

W

- It is **our** great pleasure to invite you to this meeting.

  邀請你來這個會議是我們極大的榮幸。

- **Ours** is the best baseball team in Tainan.

  我們球隊是台南最好的棒球隊。

- We are old enough to look after **ourselves**.

  我們已經夠大能照顧自己了。

weak	[wik]	*adj.* 虛弱的 ↔ **strong**；能力差的

- Grandmother is too **weak** to stand up.

  祖母太虛弱以至於無法站起來。

- Hanson is good in math, but **weak** in English.

  韓森的數學能力很好，不過英文能力就差了。

wear	[wɛr]	*v.t.* 穿～；戴～；帶著～（表情） （～, wore, worn）

- Alice **wore** a beautiful dress to the party tonight.

  愛麗絲今天晚上穿了一件漂亮的衣服參加宴會。

- Ray looks very different when he **wears** glasses.

  雷戴眼鏡的時候，看起來非常不一樣。

- Joan **wore** a smile on her face when she saw us.

  當瓊看到我們的時候，臉上帶著微笑。

weather		*n.* [U] 天氣
[ˋwɛðɚ]		

- If the **weather** is fine tomorrow, we will go to the

beach.　如果明天天氣好的話，我們就要去海灘。

★ weatherman　氣象播報員

Wednesday	n. [U][C] 星期三
[ˋwɛnzde]	

· **Wednesday** is in the middle of a working week from Monday to Friday.

星期三在從星期一到星期五工作週的中間。

week	[wik]	n. [C] 週，星期；一週，一星期

· We are going to have a math test on Wednesday this **week**.　我們這星期三將會有一個數學小考。

· We have spent several **weeks** on this plan, so we must make it.　我們已經花了好幾星期在這個計畫上，所以一定要成功。

★ weekday　平日（指週一到週五）

· People work hard on **weekdays** and rest on weekends.　人們平日努力工作，然後在週末休息。

weekend	n. [C] 週末
[ˋwikˋɛnd]	

· How do you spend your **weekend**.
你如何過你的週末？

★ on the/this weekend　在這個週末

· We plan to go shopping on the **weekend**.
我們計畫在這個週末去購物。

★ on weekends　每逢週末

· My father usually goes fishing on **weekends**.
　我爸爸週末通常都去釣魚。

| welcome | v.t. 歡迎　adj. 受歡迎的 |
| [ˋwɛlkəm] | interj. 歡迎 |

· We held a party to **welcome** the new classmate.
　我們辦了一個宴會歡迎新來的同學。

· The handsome boy is very **welcome** at school.
　那個帥帥的男生在學校很受歡迎。

★ You are welcome.　不客氣

· "Thank you." "You are **welcome**."
　「謝謝。」「不客氣。」

· **Welcome** to my new home.　歡迎來到我的新家。

| well | [wɛl] | adj. 健康的，安好的 |
| | | adv. 很好地 |

· "How do you feel now?" "Very **well**."
　「你現在覺得如何？」「很好。」

· The American speaks Chinese very **well**.
　這美國人中文講得很好。

★ as well　也

· I will go fishing this Sunday, and Dad will go as
　well.　我這禮拜天要去釣魚，而且爸爸也會去。

★ as well as　和

W

- Laura loves cakes as **well** as ice cream.
  蘿拉喜歡蛋糕，也喜歡冰淇淋。

| west | [wɛst] | *n.* 西方 (the west) |
| | | *adv.* 向西方地，在西方地 |

- The farm is in the **west** of my home.
  那個農場在我家的西方。

- The airplane is flying **west**.
  這架飛機正朝著西方飛行。

| wet | [wɛt] | *adj.* 濕的 ↔ **dry** |
| | | (～, wetter, wettest) |

- His coat was all **wet** after the heavy rain.
  經過這場大雨，他的外套全濕了。

what	[hwɑt]	*pron.* 什麼（疑問代名詞；關係
		代名詞）
		adj. 什麼的（疑問詞）；多麼的
		（用於感嘆句）

- **What** is that thing on the table?
  放在桌子上的那個東西是什麼呀？

- "**What** does your father do?" "A police officer."
  「你父親是做什麼的？」「警官。」

- I don't know **what** the man is thinking about.
  我不知道那男人在想什麼。

- "**What** date is today?" "Today is May 2nd."

「今天是幾月幾號？」「今天是五月二號。」

- **What** a cute child she is!

  這是個多麼可愛的小孩呀！

| when | [hwɛn] | *adv.* 何時（疑問副詞）；當～時候（關係副詞）
conj. 當～時候 |

- **When** will you turn in your homework?

  你什麼時候才會交出作業呀？

- I don't remember those years **when** I was a kid.

  我已經不記得當我還是小孩子時候的那些年了。

- The girl cried out **when** other kids laughed at her.

  當其他的孩子取笑她時，那女孩大聲哭了出來。

W

| where | [hwɛr] | *adv.* 哪裡（疑問副詞；關係副詞）
conj. 在～地方
pron. 哪裡，什麼地方 |

- **Where** is my umbrella?　我的雨傘在哪兒呀？

- I don't know **where** to go.

  我不知道該往哪兒去。

- I found my dog **where** I usually walked it.

  我在我平常溜狗的地方找到了我的狗。

- **Where** do you come from?　你來自什麼地方啊？

| whether | *conj.* 是否 |
| [ˋhwɛðɚ] | |

- I don't know **whether** it would be sunny (or not).

  我不知道明天天氣是否會晴朗。

- You must go to school **whether** you like it or not.

  不管喜不喜歡，你都必須上學。

---

which	[hwɪtʃ]	*adj.* 哪一個 / 些（疑問形容詞） *pron.* 哪一個 / 些（疑問代名詞）；那個 / 些（關係代名詞）

- **Which** bicycle do you like, the white one or the blue one?

  你喜歡哪一輛腳踏車，白色還是藍色這輛？

- **Which** do you like? A cute doll or a toy train?

  你喜歡哪一個？是可愛的洋娃娃還是玩具火車？

- I like the book **which** has a rabbit on the cover.

  我喜歡那一本封面上有一隻兔子的書。

---

white	[hwaɪt]	*adj.* 白色的　　*n.* [U] 白色

- There is nothing painted on the **white** paper.

  白紙上什麼都還沒畫上去。

- **White** is the color of snow.　　白色是雪的顏色。

---

who	[hu]	*pron.* 誰，什麼人（疑問代名詞）； ～的人（關係代名詞）

- **Who** are you? Do I know you?

  你是誰？我認識你嗎？

- My sister **who** lives in California is a teacher.

我住在加州的那一個姊姊是一個老師。

(不只一個姊姊)

· My sister, **who** lives in California, is a teacher.

我姊姊，她住在加州，是一個老師。

(只有一個姊姊)

whose	[huz]	*pron.* 誰的（疑問代名詞）；那個 / 些人的（關係代名詞）

· **Whose** money is there on the table?

在桌子上的錢是誰的？

· The man **whose** hair is gray is Bill's boss.

那個頭髮是灰色的男人是比爾的老闆。

why	[hwaɪ]	*adv.* 為什麼（疑問副詞；關係副詞）

W

· **Why** didn't you call me last night?

為什麼昨天晚上你沒打電話給我？

· I don't know **why** they don't like me.

我不知道為什麼他們不喜歡我。

wife	[waɪf]	*n.* [C] 妻子（**wives** [waɪvz]）

· I work outside, and my **wife** takes care of our kids at home.　我在外工作，而我老婆在家照顧小孩。

will	[wɪl]	*aux.* 將（過去式：**would** [wʊd]）*n.* [C][U] 意志；自制力

· There **will** be a great program on TV tonight.

今天晚上電視會播出一個很棒的節目。

- I **will** go shopping with my mother tomorrow.

  明天我將要跟我媽媽去逛街購物。

★ free will　自由意志

- Everyone has free **will** to decide what he/she wants.

  每個人都有自由意志，可決定他 / 她要什麼。

| win | [wɪn] | *v.t. v.i.* 贏 ↔ **lose** |
| | | (～, won, won) |

- I was surprised that my favorite team **won** the game last night.

  我最喜愛的隊昨天贏得了比賽，我很驚喜。

- You must practice hard if you want to **win**.

  如果你想要贏，就必須要努力練習。

| wind | [wɪnd] | *n.* [C][U] 風 |

- I feel cool when the **wind** blows.

  當風吹的時候，我覺得很涼快。

| window | | *n.* [C] 窗戶 |
| [ˋwɪndo] | | |

- Would you mind opening the **window** for me?

  你介意幫我開窗嗎？

| windy | [ˋwɪndɪ] | *adj.* 風大的 |

- The typhoon is coming, so it would be **windy**

tomorrow. 颱風要來了，所以明天風會很大。

---

winter [ˈwɪntɚ]　　*n.* [C][U] 冬天

· Animals save food to get through the cold **winter**.
  動物們儲存食物，以渡過寒冬。

---

wise　　　[waɪz]　　*adj.* 聰明的，有智慧的

· It is **wise** of you to decide to give up smoking.
  你決定戒煙這件事很有智慧。

· A **wise** man knows what he should do at this
  moment.　有智慧的人懂得此時該做什麼事。

---

wish　　　[wɪʃ]　　*v.t. v.i.* 希望，想要
　　　　　　　　　　　　n. [C] 願望

· Lily **wishes** to travel around the world.
  莉莉想要環遊世界。

· Jenny **wishes** she were a movie star.
  珍妮希望她自己是個電影明星。

注意

wish 後面如果是與現實相反的幻想或希望，後面的子句就必須
使用假設語氣（如例句 2）。

★ make a wish　許下願望

· I made three **wishes** on my birthday.
  我在我生日那天許下了三個願望。

---

with　　　[wɪθ]　　*prep.* 一起；有；在…情況下；
　　　　　　　　　　　　用

W

311

- I went to Canada **with** my best friend last summer.
  我去年夏天和我最好的朋友去加拿大。
- **With** your help, I believe I can finish the work.
  有了你的幫助，我相信我可以把工作做完。
- Father always thinks **with** his eyes shut.
  父親思考時常閉著眼睛。
- I cut a tree down **with** an axe.　我用斧頭砍樹。

| without | *prep.* 沒有 |
| [wɪð`aut] | |

- Joe got a cold because he went out **without** a coat.
  喬因為沒穿大衣就出門而感冒了。

| woman | *n.*[C] 女人 (**women** [`wɪmən]) |
| [`wumən] | |

- Men and **women** are different in many ways.
  男人和女人在很多方面都不一樣。

| wonderful | *adj.* 美好的 |
| [`wʌndəfəl] | |

- I had a very **wonderful** vacation in America.
  我在美國渡過一個非常美好的假期。

| word | [wɜd] | *n.* [C] 字；話 |

- I wrote a book of fifty thousand **words**.
  我寫了一本五萬字的書。
- I don't believe your **words**.　我不相信你的話。

★ keep one's word   遵守某人的承諾

· To be an example to your kids, you must keep your **word**.

　為了成為孩子的榜樣，你必須遵守承諾。

★ in a word   簡言之

· In a **word**, I can't help you now.

　簡言之，現在我沒辦法幫你。

| work | [wɝk] | _v.i._ 工作；行的通 |
| | | _n._ [C][U] 工作，勞動；作品（通常用複數） |

· James **works** as a doctor in a small town.

　詹姆士現在在一個小鎮裡當醫生。

★ work on + N   致力於～

· The doctor has **worked** on this plan for many years.　那位博士已經致力於這項計畫好多年了。

· Your way doesn't **work**. We must think of another idea.

　你的方法行不通，我們得另外想一個主意。

· It will take lots of **work** and time to build this bridge.　要蓋這座橋將會耗費許多勞力和時間。

★ at work   工作中

· My father is still at **work** at ten p.m.

　我爸爸晚上十點仍然在工作。

W

313

- I am studying on Hemingway's **works**.
  我正在研究海明威的作品。

workbook   *n.* [C] 習作簿

[ˋwɝk͵bʊk]

- Our teacher asked us to write the **workbook** at home.   我們的老師要我們在家裡寫習作簿。

worker   *n.* [C] 工人

[ˋwɝkɚ]

- There are two hundred **workers** in this factory.
  在這家工廠裡有兩百個工人。

world   [wɝld]   *n.* 世界 (the world)

- Those stars live in a different **world** from us.
  那些明星與我們生活在不同的世界裡。

★ in the world   在這世界上；到底（用於疑問句）

- She is the most beautiful woman in the **world**.
  她是這世界上最美麗的女人。

- What in the **world** do you want me to do?
  你到底要我做什麼？

★ the end of the world   世界末日

- Take it easy. This is not the end of the **world**.
  放輕鬆點，這又不是世界末日。

worry   [ˋwɝɪ]   *v.i.* 擔心

- Don't **worry**. Everything will be fine.

W

別擔心了，每件事都會順利的。

★ worry about = be worried about　擔心～

· You don't have to **worry** about me. I will be fine.
　你不用擔心我，我會很好的。

· Tina is **worried** about her grades on the math test.
　蒂娜擔心她那次數學測驗的成績。

write	[raɪt]	v.t. v.i. 寫
		v.i. 寫信 (～, wrote, written)

· The teacher asked me to **write** the word for ten times.　老師要我把這個字寫十遍。

· The man **writes** to make a living.
　那男人以寫作維生。

· I **wrote** to my mother every week when I was in America.　我在美國時，每星期都寫信給我媽媽。

W

writer	[ˈraɪtɚ]	n. [C] 作家

· Jane is a famous **writer**. She made much money by her books.
　珍是位著名作家，她靠她的書賺了很多錢。

wrong	[rɔŋ]	adj. 錯誤 ↔ **right**
		n. [U] 錯誤　n. [C] 壞事

· It is **wrong** to cheat on the test.
　在考試的時候作弊是錯誤的。

· Sorry, you have the **wrong** number.

抱歉，你打錯電話了。

★ there's something wrong with + N　某物故障

- We think there's something **wrong** with this computer.　我們認為這台電腦故障了。

- It is not always clear between right and **wrong**.
在正確與錯誤之間的界線並不總是那麼明顯。

- He was finally caught after doing so many **wrongs**.
在做過那麼多壞事之後，他總算被逮到了。

W

year   [jɪr]   *n.* [C] 年；歲數

· The writer spent five **years** and six months writing the book.

那位作家花了五年六個月的時間寫這本書。

★ 數字 + years old = 數字 + years of age   ～歲大

· I am twenty nine **years** old.

= I am twenty nine **years** of age.   我二十九歲。

★ year after year   每年

· These birds fly back to the south **year** after **year**.

這些鳥每年都會飛回南方。

---

yellow   [ˋjɛlo]   *adj.* 黃色的   *n.* [U] 黃色

· You should stop on seeing the traffic light turning **yellow**.   看到紅綠燈變黃色時，你應該停下來。

· **Yellow** is the color of bananas and taxies.

黃色是香蕉和計程車的顏色。

---

yes   [jɛs]   *adv.* 是的，好的

· "Would you like a cup of coffee?" "**Yes**, I'd love to."   「你想要喝杯咖啡嗎?」「好的，我很樂意。」

---

yesterday   *adv.* 昨天

[ˋjɛstɚ͵de]   *n.* [U] 昨天

· I didn't go to school **yesterday** because I caught a cold.   我昨天沒去上學，因為我感冒了。

· Sometimes I wish I could go back to **yesterday**.

有時候我希望我能夠回到昨天。

| yet | [jɛt] | *adv.* 尚未（用於否定句）；已經 |
| | | （用於疑問句） |

· It's 11:00 p.m., but Helen hasn't come home **yet**.

現在是晚上十一點了，但是海倫還沒回家。

· Have you finished your homework **yet**?

你已經做完你的家庭作業了嗎？

| you | [ju] | *pron.* 你 / 妳；你 / 妳們 |

· I wish **you** good luck.　祝你好運。

比較

所有格	所有代名詞	複合人稱代名詞
your	yours	yourself, yourselves
[jʊr]	[jʊrs]	[jʊr`sɛlf] [jʊr`sɛlvz]

· Bring **your** family to the party.

帶你的家人來這個聚會。

· Is this umbrella **yours**?　這把傘是你的嗎？

· Don't hurt **yourself** when you play the ball.

玩球的時候不要傷到你自己。

| young | [jʌŋ] | *adj.* 年輕的 ↔ old |

· You are too **young** to work; you should study in school now.

你出來工作還太年輕，你現在應該在學校唸書。

| zoo | [zu] | *n.* [C] 動物園 |

· There are many kinds of animals in the **zoo**.

　在動物園裡有許多種的動物。

Z

三民實用英漢辭典 莫建清 主編

- 全書收錄詞條達31,000字,是適用於各種程度的超完整辭典!
- 各字母首頁「語音與語意之對應性」的象徵觀念,打開記憶單字的新視界!
- 全書遍布「參考」、「字源」與「充電小站」專欄,猶如最佳小百科!
- 全書採用 KK 音標,掌握正確發音!